변혁 1990

6

천지무천 장편소설

FUSION FANTASTIC STORY

변혁 1990 6권

천지무천 장편 소설

초판 1쇄 찍은 날 § 2014년 4월 28일
초판 1쇄 펴낸 날 § 2014년 5월 2일

지은이 § 천지무천
펴낸이 § 서경석

편집부장 § 권태완
편집책임 § 박은정

펴낸곳 § 도서출판 청어람
등록번호 § 제1081-1-89호
등록일자 § 1999. 5. 31
어람번호 § 제1-1838호

주소 § 경기도 부천시 원미구 심곡2동 163-2 서경B/D 3F (우) 420-822
전화 § 032-656-4452팩스 § 032-656-4453
http://www.chungeoram.com
E-mail § chungeorambook@daum.net

ISBN 979-11-5681-997-4 04810
ISBN 978-89-251-3388-1 (세트)

변혁 1990

천지무천 장편소설

6

FUSION FANTASTIC STORY

CONTENTS

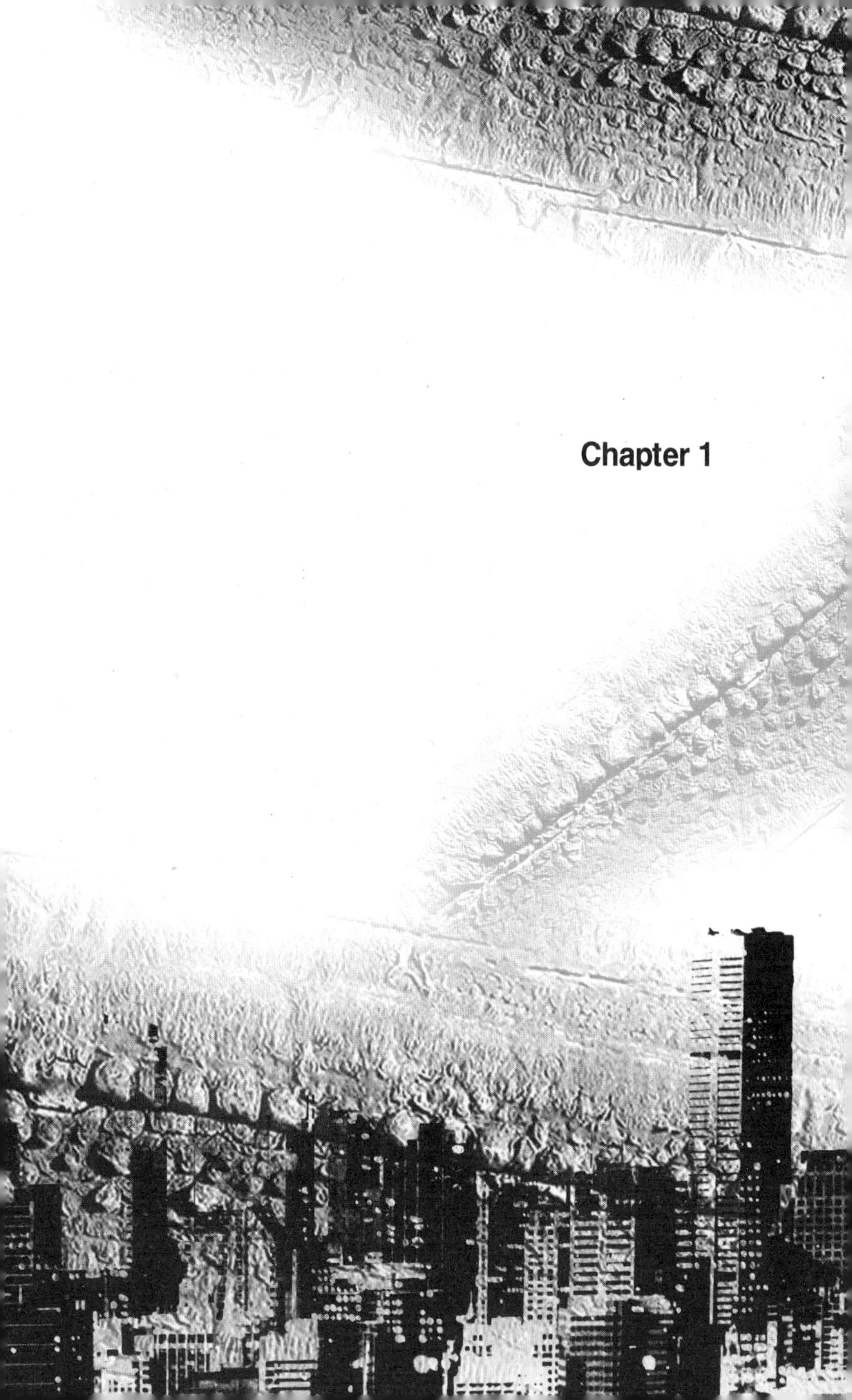

Chapter 1

가인이와 나는 거친 숨을 몰아쉬며 심마니 정씨를 따라잡으려고 노력했다.

그동안 매일 쉬지 않고 산길을 뛰어다니며 운동에 매진했었다. 하지만 거리는 전혀 좁혀지지 않았다.

더욱이 오랫동안 훈련을 해온 가인이 또한 심마니 정씨의 신기한 움직임을 따라잡지 못했다.

우리가 힘들게 15분을 달려서 고개에 올랐을 때다.

이미 정씨는 느긋하게 짐을 내려놓고 나와 가인이를 기다리고 있었다.

“허! 그래도 용케 올라왔네그려.”

고개는 올라갈수록 경사가 가팔라졌다.

보통 사람은 2~3분만 뛰어도 지쳐서 나가떨어질 경사의 고개였다.

“헉헉! 어떻게 그리 빨리 올라갈 수 있는 것입니까?”

거친 숨을 고르며 심마니 정씨에게 물었다.

“다 산에서 나는 좋은 약초들과 뱀을 먹어서 그렇지.”

심마니 정씨는 내 질문에 원하는 답을 내어놓지 않았다.

“헉헉! 그게 아니라… 있잖아요.”

마라톤을 완주한 것처럼 숨이 거칠어져 말이 제대로 나오지 않았다.

“이제 슬슬 다시 움직여 볼까나. 저기만 지나면 된다네.”

심마니 정씨가 가리키는 곳은 길이 나 있지 않을 것 같은 가파른 절벽이었다.

“후우! 아저씨, 길이나 있습니까?”

가인이가 깊게 심호흡을 하며 말했다. 가인이는 나보다 회복이 빨랐다.

“당연히 있지. 이제 다 왔어.”

말을 마친 심마니 정씨가 다시 움직였다.

그는 놀랍게도 양손에 무거운 짐을 들고도 험한 바윗길을 척척 올랐다.

"저게 말이 돼?"
나는 가인이를 바라보며 말했다.
"보통 사람이 아니야. 계속 갈 거야?"
가인이도 보통 사람은 아니었다.
그런 가인이의 입에서 보통 사람이 아니란 말이 나온 걸 보면 분명 백야의 인물일 것이라는 확신이 들었다.
"내가 찾던 사람인 것 같다. 끝까지 가서 실체를 알아봐야지."
이제는 다시 돌아가기에는 너무 멀리 와버렸다.
매일 오르고 있는 북한산도 험한 산이다.
하지만 지금 심마니 정씨와 함께 오르고 있는 바윗길은 정말 가파르고 경사가 심했다.
날마다 이른 아침에 오르던 북한산도 여기에 비하면 쉬운 길이었다.
보통 사람은 이곳을 오르지도 못할 것 같았다.
더욱이 이끼가 붙어 있는 바위 사이는 정말 미끄러웠다.
어느 정도 바위를 오르자 소로가 나타났다. 그 소로 또한 경사가 급했다.
심마니 정씨를 따라 5분 정도 소로를 따라서 소나무 군락지를 벗어나니 전혀 딴 세상이 펼쳐졌다.
어느 순간 시냇물이 흐르는 작은 분지가 나타났다.

분지는 각종 들꽃이 아름답게 피어 있었다.

눈앞에 펼쳐진 모습이 정말 한 폭의 그림 같은 풍경이다.

그 가운데에 수백 년은 더 되어 보이는 느티나무 세 그루가 자리 잡고 있다.

느티나무 아래로 나무로 만들어진 초막집이 보였다.

그 주변으로는 더 이상 길이 없는 것 같았다.

이미 도착한 심마니 정씨는 들고 온 짐의 정리가 끝난 상태였다.

그는 나무로 만든 평상에 붉은 보자기에 싸인 상자 하나를 올려놓고 있었다.

아마도 그가 말한 산삼이 보관되어 있는 상자 같았다.

"생각보다 빨리 왔네. 저런, 땀을 많이 흘렸구먼."

심마니 정씨는 나와 가인이를 바라보며 편하게 말했다.

아직 쌀쌀한 날씨임에도 불구하고 우리 두 사람의 얼굴에서는 땀이 비 오듯 쏟아졌다.

그도 그럴 것이, 1시간 30분 동안 험한 산을 넘어온 상태이다.

더구나 25분 동안은 쉬지 않고 산길을 달렸다.

몸속에 들어 있던 에너지를 모두 써버려 방전된 느낌이었다.

멍한 표정으로 주변 풍경을 바라보는 나를 향해 심마니

정씨가 다시금 입을 열었다.

"그렇게 계속 서 있을 거야? 이리로 와 앉으라고."

그의 말에 이끌려 나는 평상에 걸터앉았다.

가인이는 얼굴에 흐르는 땀을 씻어내려는지 시냇물이 흐르는 곳으로 걸어갔다.

"정말 화가 나네요. 제대로 말을 하셨으면 이렇게 고생하지는 않았잖아요."

심마니 정씨는 내 말에 아무렇지 않은 듯이 말했다.

"허허! 잘 왔으면 됐지, 뭘 그리 따지고 그래. 어서 앉아 보라고."

별것 아니라는 듯이 웃고 있는 심마니 정씨는 앉으라고 손짓하면서 보자기에 소중하게 싸여 있던 상자를 열어 보였다.

상자를 여는 순간 향긋한 향기와 함께 다섯 뿌리의 산삼이 모습을 드러냈다.

일반적으로 시장에서 보아오던 인삼과는 확연히 달랐다.

"여기까지 오느라 고생한 것도 있고 해서 내가 싸게 해줄 테니 한 뿌리 가지고 가."

심마니 정씨의 말에 구미가 당겼다.

힘들게 이곳까지 왔지만 천종산삼을 싸게 구입한다면 고생한 보람은 있다.

더구나 천종삼을 구입할 목적도 있지만, 심마니 정씨에 대해 자세히 알고 싶어 온 이유가 가장 컸다.

"제일 오래된 산삼이 어느 건데요?"

내가 볼 때는 다섯 뿌리 산삼의 크기가 모두 비슷했다.

"이게 130년 이상 된 놈이지. 많이 잡으면 150년도 되었을 것이여. 나머지 산삼들도 100년은 된 것들이지."

천종삼은 환경에 적응하면서 나이를 더하게 되는데, 오랜 세월이 흐르면(150년 이상) 몸의 색상이 짙은 황금색으로 변한다.

처음 10년 동안은 희고 투명하며, 그 후 10년은 어린 애기 피부와 같이 희고 뽀얗게 변하고, 이후부터는 희고 검게 변한다.

시간이 더 흐르면 노르스름하기 시작하는데, 이때 나이가 대략 100년 정도라고 볼 수 있었다.

심마니 정씨는 가운데 있는 산삼을 가리키며 말했다.

정말 가운데 있는 산삼은 다른 산삼보다 몸통의 색상이 진한 황금색을 띠었다.

"이걸 구입하려면 얼마 드리면 되는데요?"

나는 가장 오래된 산삼을 가리키며 말했다.

이왕 천종삼을 살 마음이라면 가장 좋은 산삼을 사고 싶었다.

“얼마나 줄 수 있는데?”

심마니 정씨는 오히려 나에게 질문을 던졌다.

‘얼마를 줘야 하지……. 적어도 몇 천만 원은 주어야 하나?’

순간 머릿속이 복잡해졌다. 천종산삼 가격이 얼마나 되는지 알지 못했다.

더구나 천종산삼은 가격이 딱히 정해진 것이 없었다.

“천만… 원… 아니면 이천… 만 원……?”

나는 심마니 정씨의 눈치를 살피며 물었다.

“학생 같기도 한데, 돈이 그렇게나 많이 있나?”

심마니 정씨는 내 말이 미심쩍은 듯한 표정으로 물었다.

“어렸을 때부터 모아둔 돈이 있습니다.”

“산삼을 가져다가 어디에 쓸 것인데?”

심마니 정씨는 내가 산삼을 어디에 쓸 것인지 궁금한 듯이 물었다.

“아버지가 몸이 불편하십니다. 예전보다는 건강이 많이 좋아지셨는데, 산삼을 드시면 더 빨리 회복하실 것 같아서요.”

심마니 정씨의 묻는 말에 있는 그대로 말했다.

“그럼 말이야, 이렇게 하지.”

심마니 정씨가 말하는 순간이다.

얼굴을 땀을 씻으러 갔던 가인이의 다급한 외침이 들려왔다.

"태수 오빠!"

그 소리에 뒤를 돌아보았다.

"가인아!"

가인이는 나와 심마니 정씨가 있는 쪽으로 급하게 오고 있었다.

가인의 뒤편으로 세 명의 낯선 인물이 걸어오고 있었다.

그들의 분위기가 왠지 심상치 않아 보였다.

가인이도 그 기운을 느낀 것 같았다.

"미안하게 되었네. 자네 여자를 데리고 될 수 있으면 멀리 이곳을 벗어나게나."

그들을 보던 심마니 정씨의 표정이 심각하게 굳어졌다.

심마니 정씨의 목소리 톤도 달라져 있었다.

* * *

다가오는 세 사람에서 풍겨오는 기운은 마치 검은 모자 차태석을 연상케 했다.

아니, 그보다도 더욱 강한 기운이었다.

세 사람 중에서도 30대 중반으로 보이는 남자가 더욱 강한 기운을 내뿜고 있었다.

한눈에 보아도 보통 인물이 아니라는 것이 느껴졌다.

그의 양옆으로는 20대 중반으로 보이는 젊은 남자와 수녀 복장을 하고 있는 여자가 함께였다.

수녀 복장을 한 여자는 나와 비슷한 20대 초반으로 보였다.

30대 중반의 남자가 두 사람을 이끌고 있는 것 같았다.

"우리가 왜 왔는지는 잘 알 것이다."

그의 목소리에는 힘이 실려 있었다.

"껄껄껄! 누굴 찾아왔는지는 모르지만, 나는 그저 약초나 캐면서 살아가는 사람입니다."

심마니 정씨는 소탈한 시골 사람처럼 웃음을 보이며 말했다.

그 순간 젊은 남자의 손이 빠르게 움직였다.

핑!

그러자 짧은 파공음이 들렸다.

그의 손에서 떠난 물체가 가인이에게로 향했다.

그때였다.

우리 뒤에 있던 심마니 정씨가 흐릿하게 흔들리는 모습을 보였다.

그리고 어느새 가인이의 옆에 서 있다.

한순간에 그의 손바닥이 펴지며 가인이의 얼굴로 날아든 물체를 막아 세웠다. 심마니 정씨의 손바닥이 펴지자 그 위에는 100원짜리 동전이 있었다.

부산에서 만났던 해당화가 나에게 동전을 던졌던 수법과 동일했다.

가인이는 자신에게 동전을 던진 젊은 인물을 매섭게 쳐다보았다.

가인이의 이러한 모습을 좀처럼 본 적이 없다.

가인이가 보통 사람이 아니라는 것을 그들은 알지 못했다.

"나에게 볼일이 있는 것이 아니냐? 이 손님들은 그냥 돌려보내 주어라."

심마니 정씨의 말투와 목소리가 달라졌다.

또한 두 눈에서 뿜어져 나오는 눈빛마저 달라져 있었다.

수수하게 보이던 시골 아저씨에서 완전히 딴사람으로 바뀌어 버렸다.

"그건 네가 결정할 일이 아니다."

중년의 남자는 나와 가인이를 곱게 돌려보낼 생각이 없는 것처럼 보였다.

"내가 저들을 막을 동안 너희는 이곳을 빨리 벗어나라. 자, 이것도 가져가거라."

심마니 정씨가 나와 가인이를 보며 말했다.

또한 산삼이 담긴 상자를 내게 건네주었다.

"이걸 그냥 주시면……."

"모든 게 인연인 게야."

심마니 정씨가 누런 이를 보이며 말했다.

그의 표정은 뭔가 결연해 보였다.

그때였다.

"이대로 그냥 갈 수는 없죠."

가인이가 한 발 앞으로 나서며 자신에게 동전을 던진 인물에게 덤벼보라는 듯 손짓했다.

"후후! 계집년이 꽤나 당돌하군."

중년의 사내는 가인이의 모습에 어이가 없다는 표정이다.

그도 그럴 것이, 이들은 일반인이 상대할 수 없는 흑천의 인물이었다.

"가인아, 위험한 행동은 하지 마."

나는 가인이가 염려스러웠다. 이미 부산에서 해당화를 통해 경험했기 때문이다.

가인이의 실력을 믿지 못하는 것은 아니지만 저들은 손속에 사정을 두지 않은 자들이었다.

"저들의 말과 행동을 보면 우리를 그냥 보내지 않을 거야. 여기 정씨 아저씨도 보통 분이 아니니까, 삼 대 삼으로 한번 붙어보지 뭐.”

가인이가 당당하게 말했다.

그녀의 말처럼 삼 대 삼으로 붙으면 각자 한 사람씩만 상대하면 된다.

심마니 정씨의 부담이 그만큼 줄어든다.

“저들은 보통 사람들이 아니다. 어쭙잖은 실력을 믿고 덤비다가는 뼈도 못 추릴 상대다. 그러니 너희는 어서 이곳을 떠나거라.”

심마니 정씨가 걱정스런 표정으로 말했다.

가인이가 그저 건강을 위해서 태권도 같은 운동을 배운 걸로 생각하고 있었다.

“세상을 모르는 저 계집은 내가 맡지.”

젊은 남자가 가인이의 손짓에 움직이려 하자, 수녀 복장의 여자가 앞을 막아서며 말했다.

그녀는 입고 있던 수녀 복장을 벗어 던졌다.

그러자 몸의 굴곡이 다 드러나 보이는 검은 운동복이 드러났다.

이미 싸움은 피할 수 없는 상황이었다.

“지금도 늦지 않았다. 고집 피우지 말고…….”

심마니 정씨의 말이 끝나기도 전에 가인이가 움직였다.

휘익!

그 움직임이 비호(飛虎) 같았다.

가인이는 달려나가는 탄력을 이용하여 그대로 허공으로 솟구쳐 오르며 검은 운동복에게 날아 차기를 했다.

퍼억!

전혀 예상치 못한 가인이의 움직임에 검은 운동복은 가까스로 발차기를 막아냈다.

주르륵!

강력한 가인이의 날아 차기로 인해서 검은 운동복은 3m나 뒤로 미끄러졌다.

"크윽. 계집년이 보통이 아니군."

발차기를 막았던 검은 운동복의 팔목에 찌릿한 통증이 전해져 왔다.

가인이의 발차기는 일반적인 형태의 공격이 아니었다.

가인이는 마지막에 발을 비틀어 더 큰 충격을 검은 운동복에게 주었다.

이 모습을 지켜보던 사람들 모두가 경악에 가까운 표정으로 가인이를 바라보았다.

가인이는 그대로 멈추지 않았다. 또다시 도약하여 검은 운동복을 공격했다.

현란한 발차기가 쉴 새 없이 검은 운동복에게 가해졌다.

선공을 내준 검은 운동복은 가인의 공격을 막기에 급급했다.

'이 계집은 누구란 말인가? 이년도 백야의 인물이었단 말인가?'

검은 운동복의 머릿속이 복잡했다.

가해져 오는 공격의 매서움이 보통이 아니었다.

쉴 새 없이 뻗어 나오는 발차기에 쉽게 반격을 할 수 없었다.

부—웅!

허공을 가르는 발차기에 공기를 가르는 소리가 났다.

계속된 공격 허용에 손목 위쪽으로 지독한 통증이 가해지기 시작했다.

마치 막아내는 손을 아예 못 쓰게 만들겠다는 가인이의 공격이었다.

그때였다.

"매화! 물러나라!"

두 사람의 대결을 지켜보던 중년인의 외침이 들렸다.

그러자 매화라 불린 여인이 뒤쪽으로 빠르게 물러났다.

그 또한 가인이를 백야의 인물로 본 것이다.

아무리 전문적으로 격투기를 배운 인물이라 할지라도 흑천에 속한 인물을 이리도 몰아붙일 수는 없었다.

"후후! 하나가 아니었군. 그렇다고 달라질 것은 없지."

사내는 자신이 입고 있던 외투를 벗어 던졌다.

그러자 짧은 티셔츠만 걸친 몸이 드러났다.

군더더기 하나 없는 몸은 마치 근육으로 갑옷을 걸친 것처럼 단단한 모습이다.

드러난 어깨 위로는 무언가에 찢겨 나간 듯한 상처가 보였다.

꿈틀대는 힘줄 하나하나에 무언의 기운이 뿜어져 나오는 것만 같다.

더욱 놀라운 점은 그의 피부가 검게 변해 간다는 것이다.

"철포공을 익힌 인물이 아직까지 있을 줄이야."

심마니 정씨의 말이다.

"다친 데는 없어?"

가인이가 곁으로 다가오자마자 물었다.

"보시는 봐와 같이. 많이 걱정했어?"

"야! 그걸 말이라고 하냐. 심장이 떨려서 혼났다. 차라리 내가 싸우는 것이 낫지."

가인이의 실력을 믿었지만 흑천의 인물들은 정말 조심해야 될 사람들이었다.

"대단한 처자였네그려. 어느 분께 가르침을 받으셨나?"

심마니 정씨가 가인이의 모습에 꽤나 인상이 깊었던 모

양이다.

"송 관장님이라고, 제 사부님이기도 하시죠."

가인이 대신 내가 말했다.

"하하하! 대단한 분이 분명하시겠구먼. 잠시만 기다리고 계시게나."

심마니 정씨는 만면에 웃음을 띠며 앞으로 나섰다.

그는 우리 두 사람에 대한 염려를 덜어냈다는 표정이다.

나와 가인이가 충분히 자신의 몸 하나는 간수할 수 있을 것 같다는 판단이 선 것이다.

심마니 정씨와 검은 피부를 드러낸 중년의 사내가 분지의 중앙에 마주했다.

"흑천의 마연이라 한다."

마연이라고 자신을 소개한 인물은 백약의 인물들을 전문적으로 추적하는 천살단의 부단주였다.

"후후! 자네의 이름은 들어봤네. '정' 이라고 하네."

지금까지 마연의 손에 의해서 다섯 명의 백야 인물이 쓰러졌다.

두 사람을 바라보고 있자니 긴장감 때문에 절로 침이 목구멍으로 넘어갔다.

무협영화 속의 한 장면처럼 두 사람에게서 알 수 없는 무형의 기운이 넘실대며 솟구치는 것 같았다.

마치 서로 하늘의 여의주를 차지하기 위해 싸우는 백룡과 흑룡처럼 보였다.

서로를 바라보고 있는 두 사람은 쉽게 손을 쓰지 못하고 있었다.

백중지세(伯仲之勢)라서일까?

미동조차 하지 않는 두 사람은 마주 본 상태로 10분 정도 흘러갔다.

그때였다.

고요함 속에 머물고 있던 분지에 갑자기 거센 바람이 산등성이를 타고 불어왔다.

그러자 심마니 정씨의 정돈되지 않은 긴 머리카락이 바람에 휘날렸다.

그 순간이었다.

타악!

마연이 땅을 박차고 날아올랐다. 그 모습은 산중을 호령하는 한 마리 범이었다.

단숨에 심마니 정씨의 코앞까지 다다른 마연이 곧바로 주먹을 내질렀다.

그의 주먹은 심마니 정씨의 얼굴을 향했다.

분지에 불고 있는 거센 바람조차 마연의 주먹에서 나오는 풍압에 흩뜨려지는 것처럼 보였다.

무시무시한 힘이 주먹에 실려 있었다.

'허! 마치 주먹이 거대한 바위처럼 느껴지다니…….'

심마니 정씨가 서 있는 주변을 완전히 짓눌러 버리겠다는 듯 거대한 바위가 절벽에서 낙하하는 것만 같았다.

피하기에는 너무 늦어 보였다.

심마니 정씨가 위험했다.

그 순간,

팡—앙!

마치 바람이 가득한 커다란 공이 터져 나가 듯한 소리가 분지에 울려 퍼졌다.

마연의 주먹이 심마니 정씨의 눈앞에 멈춰 있다.

마연의 주먹을 막아낸 것은 심마니 정씨의 오른 손바닥이었다.

그 움직임이 눈에 보이지 않을 정도로 빨랐다.

그 순간 두 사람 주변으로 뜨거운 공기가 막을 형성하는 것 같았다.

그게 시발점이었다.

마연의 강력한 주먹이 속사포처럼 심마니 정씨에게 쏟아지기 시작했다.

눈으로 따라가기조차 힘들었다.

심마니 정씨는 반격은 꿈에도 생각할 수 없는 상황이었다.

뒤에서 모든 것을 보고 있던 흑천의 두 인물도 움직이기 시작했다.

그들은 나와 가인이에게 달려들었다.

나에게 손을 쓰기 시작한 인물은 키가 작고 짧은 머리를 하고 있다.

그의 움직임은 마치 다람쥐처럼 빠르고 늑대처럼 매서웠다.

처음부터 인정사정없이 살수를 썼다.

인체에서도 잘못 맞으면 그대로 즉사할 수 있는 사혈을 향해서 공격했다.

나는 뒤로 물러나기에 급급했다.

지금까지 상대해 본 다른 어떤 인물보다 움직임이 빨랐다.

여유를 갖고 움직임을 관찰해서 약점을 찾을 수 있는 상황이 아니었다.

온몸의 신경이 곤두섰다. 단 한 번의 실수로 목숨을 잃거나 병신이 될 수 있었다.

'헉! 빨라도 너무 빠르잖아.'

찌익!

물러나는 것이 반 박자 늦어버리자 입고 있던 옷이 사내의 공격에 찢겨 나갔다.

공격하는 손 모양이 마치 독수리의 발톱을 형상화시킨 것처럼 세 손가락만 웅크린 상태였다.

얼핏 보면 중국 무술처럼 보였다.

하지만 영화에서 보았던 중국 무술의 움직임과는 많은 차이가 있었다.

좀 더 실전적이고 파괴적이다. 곡선적인 공격보다는 직선적인 공격이 많았다.

또한 기이한 각도에서도 공격 형태가 이어졌다.

"헉헉! 그동안 그렇게 노력했는데……."

하루 네 시간 이상을 운동과 훈련에 매진했다.

하지만 그 모든 것이 갑자기 허무하다는 생각이 들었다.

차태석과의 싸움에서는 반격이라도 했다.

한데 지금은 그조차도 할 수 없었다.

그저 늑대에게서 도망치는 토끼처럼 이리저리 간신히 피해 다닐 뿐이다.

이곳이 분지가 아니라 좁은 공간이나 건물 안이었으면 일찌감치 바닥에 쓰러졌을 것이다.

"쥐새끼처럼 잘도 피하는구나. 너는 백야의 인물이 아닌 것 같은데?"

짧은 머리를 한 사내는 한결 여유 있는 표정이 되어 물었다.

처음에는 그도 가인이의 실력을 보아서인지 긴장을 했다.

하지만 나를 접해보고 실력이 가인이보다 한참 떨어진다는 것을 확인한 것이다.

'이자는 나를 백야의 인물로 보았던 건가?'

"무슨 말을 하는지 모르겠소이다. 나는 산삼을 구입하려고 온 것뿐이오."

"그럼 운이 더럽게도 없군. 오늘의 일은 아무도 몰라야 한다. 그나마 이 도운님의 손에 가는 것을 행운으로 알아라."

젊은 인물의 이름은 도운이었다.

깊은 고행의 길을 걸어가는 수행자의 이름 같았다.

하지만 지금 벌이고 있는 행동과는 전혀 매치가 되지 않는 이름이다.

"무엇이 행운이냐? 나라의 법을 무시하고 선량한 사람을 해치겠다는 뜻이냐?"

너무나 화가 났다.

전혀 상관없는 사람도 자신들이 벌이는 불법적인 일을 목격했다는 이유로 해치려는 것이다.

"나라의 법이라……. 우리에게는 나라의 법보다 흑천의 율법이 더 위에 있다. 너에게 이런 이야기를 할 필요는 없겠지만 말이다. 자, 이제 황천길을 떠날 준비나 해라.”

말을 마친 도운은 이전과 다른 분위기였다.

눈에는 보이지 않지만 더욱 거칠어진 기운이 그의 전신을 감싸기 시작했다.

꿀꺽!

침이 절로 삼켜졌다.

쥐고 있는 주먹에 땀이 배기 시작했다. 불어오는 바람마저 다르게 느껴졌다.

모든 감각이 싸늘하게 바뀌었다.

지금 이 순간은 아무런 생각도 나지 않았다.

가인이에 대한 걱정과 이 상황을 어떻게 벗어날 수 있을까 하는 생각조차도…….

도운이 움직였다.

그 순간 하늘이 온통 먹구름으로 가득 찬 것처럼 보였다.

불길했다.

온 신경을 도운의 움직임에 맞추었다.

‘잘할 수 있다.’

불안한 마음을 다잡고 싶었다.

도운이 내 얼굴을 향해 손을 뻗었다. 이전과 동일한 공격 형태였다.

이번에는 방어보다는 반격을 해보고 싶었다.

계속해서 공격을 허용한다면 지금의 상황을 벗어날 수 없었다.

모험이 필요할 시점이었다.

'좋아, 이번에는…….'

나 또한 도운을 향해 주먹을 뻗었다.

나를 공격하는 손가락 모양이 이전과 동일하게 구부리고 있다.

내가 뻗은 주먹과 충돌한다면 그의 왼손을 쓸 수 없게 만들 수도 있다는 생각에서였다.

내가 반격에 나서자 도운은 의외라는 눈빛을 보냈다.

하지만 그의 왼손은 변함없이 나의 얼굴을 향했다.

'성공이다.'

느낌이 좋았다.

주먹이 도운의 왼손과 충돌하는 순간이다. 놀랍게도 그의 왼 손가락들이 순식간에 펴졌다.

그리고는 뱀이 먹이를 채듯 내 오른팔을 기이하게 휘감았다.

"헉!"

그 순간 나도 모르게 놀라 소리를 질렀다.

몸을 뒤로 빼기에는 이미 늦은 상태였다. 도운의 왼손은 팔뚝을 지나 목에 도달한 상태였다.

다급하게 몸을 틀었다.

그 순간 어깨에 큰 충격이 왔다.

이대로는 안 될 것 같아 오른쪽으로 돌아서며 왼손을 밑에서 위로 올려쳤다.

서로가 엇갈리는 찰나였다.

하지만 도운은 여유롭게 나의 공격을 피했다.

그때 보았다.

도운의 차가운 눈빛을.

그와 동시에 도운의 손바닥이 내 가슴에 닿는 것을 보았다.

그 순간 커다란 해머로 가슴을 내려친 것 같은 충격이 전해져 왔다.

모든 것은 찰나의 순간이었다.

발이 말을 듣지 않았다.

억지로 몇 걸음을 움직였다.

숨이 찼다.

그리고는 왼쪽 가슴에 참을 수 없는 고통이 전해져 왔다.

"……."

나도 모르게 입이 벌어졌다.

숨을 쉴 수가 없었다.

귓가에도 아무 소리가 들리지 않았다. 더 이상 몸이 버티지 못했다.

'헉! 이럴 수는 없…….'

생각을 끝마치기도 전에 몸이 허물어졌다.

쿵!

차가운 땅바닥에 얼굴을 강하게 부닥쳤지만 아프지가 않았다.

전신의 살아 있는 기운이 빠져나가는 것 같았다.

움직일 수 있는 것은 단지 눈꺼풀뿐이었다.

두 눈을 깜빡이는 순간 가인이가 소리치며 달려오는 것이 보였다.

그 모습이 너무나 느리게 느껴졌다.

'괜찮아. 졸릴 뿐이냐…….'

머릿속에 떠오른 생각이다. 하지만 입 밖으로는 말이 나오지가 않았다.

이제는 눈꺼풀조차 무거웠다.

꿈인가?

꿈이겠지…….

마지막 떠오른 단어를 끝으로 생각이 끊겼다.

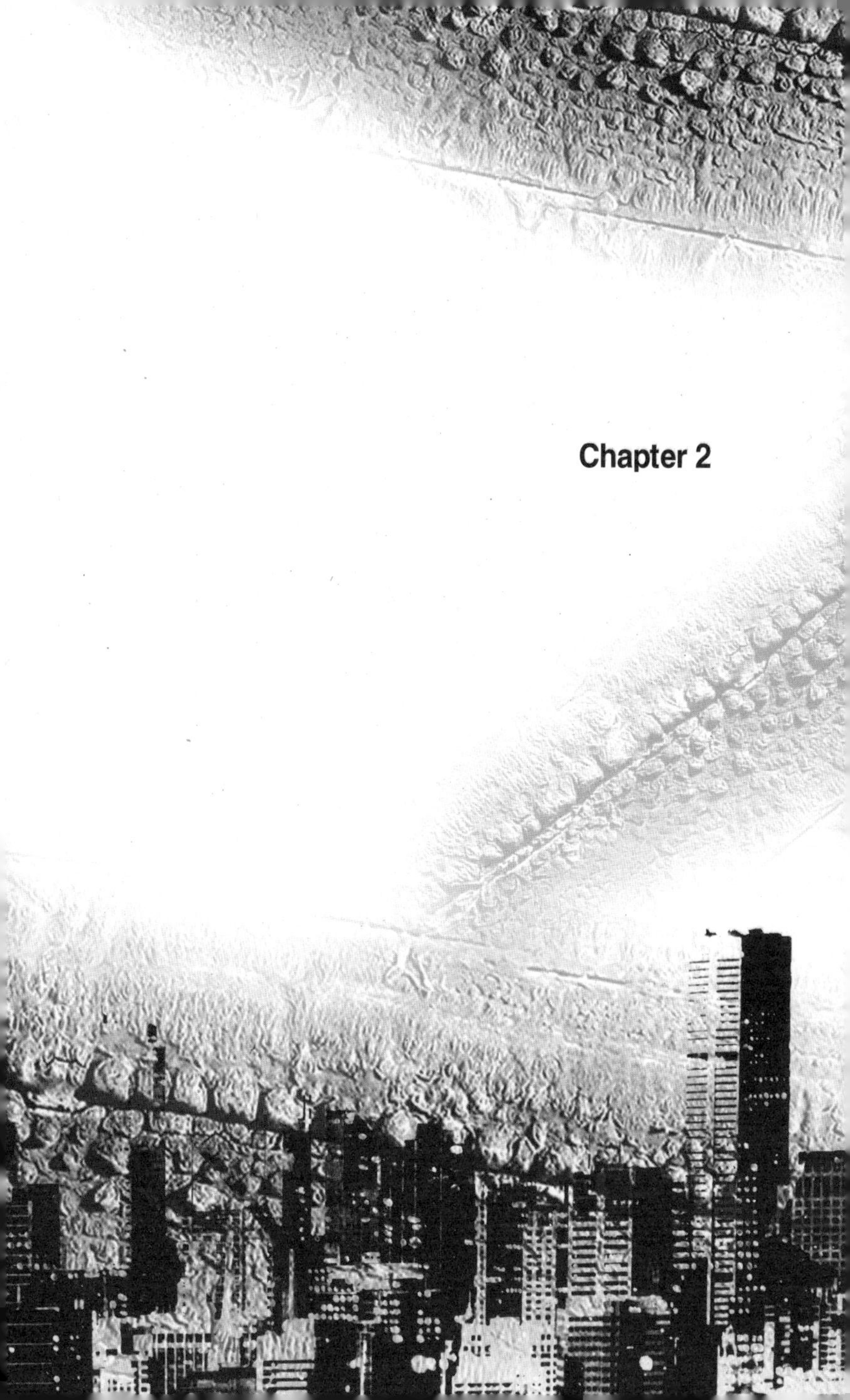

Chapter 2

꿈을 꾸었다.

아주 오래전의 꿈이다.

PC 모니터 앞에 앉아 있는 내가 보인다.

그 앞으로는 재떨이도 모자라 종이컵에까지 담배꽁초가 수북이 쌓여 있다.

퀭한 눈과 며칠 동안 면도를 하지 않아서인지 아무렇게나 나 있는 거친 수염…….

변한 것이 없었다.

여전히 쳇바퀴 도는 생활의 반복이었다.

하루 동안의 상한가는 다음 날부터 주구장창 밑으로 빠져나갔다.

아쉬움일까, 아니면 욕심 때문일까?

손절매(앞으로 주가(株價)가 더욱 하락할 것으로 예상하여, 가지고 있는 주식을 매입 가격 이하로 손해를 감수하고 파는 일.)를 해야 되는 상황인데도 그저 멍하니 모니터만 뚫어지게 쳐다보았다.

내 인생은 왜 이럴까?

차라리 재벌의 아들로 태어나지.

왜 하필 지지리 궁상인 집안에 태어나서 이런 개고생을 하는 걸까?

수많은 생각이 머릿속에 떠올랐다.

내 모습 속에는 떨쳐 버리지 못한 회한과 절망이 지독하게 자리 잡고 있었다.

손을 뻗어 책상 위에 놓여 있는 담뱃갑을 집어 들었다.

담배가 없었다.

담배를 피우고는 싶었지만 담배를 사러 나가기조차 귀찮았다.

아니, 사람들을 마주하기가 두려웠다.

어느 순간부터 밖에만 나가면 마주치는 모든 사람이 나를 실패자라고 손가락질하는 것만 같았다.

하루하루 생활하는 것만으로도 슬픔은 여기저기 쌓여만 갔다.

요 몇 년간 어쨌든 앞으로 나아가고 싶은 마음에 닿지 않는 것에 손을 뻗었다.

하지만 그게 구체적으로 뭘 향한 것인지는 알 수 없었다.

억눌린 강박관념과 같은 생각이 어딘가에서 솟아나는지도 모른 채, 모니터 앞에만 앉아 있게 만들었다.

그리고 어느 날 아침.

예전에 그렇게까지 절실했던 생각이 완전히 사라졌다는 걸 깨달았다.

더 이상 한계라는 걸 알았을 때 모든 것을 포기할 수밖에 없었다. 그걸 깨달았을 때 나는 나날이 탄력을 잃어가는 마음에 마냥 괴로웠다.

거울에 비쳐진 것처럼 선명한 내 모습은 이미 세상 풍파에 지친 아저씨일 뿐이었다.

올해 마흔의 나이지만 겉모습은 40대 중반을 훌쩍 넘어선 것처럼 보였다.

어느 날부터인가 머리를 감을 때마다 머리카락도 한 주먹씩 빠져나갔다.

휑해져 가는 머리도 자신감을 잃게 만드는 요인이다.

실패자의 말로가 이런 모습일까?

나를 관조(觀照)하는 내 모습이 너무나 슬펐다.

몇 가지의 슬픔이 한꺼번에 밀려들었다.

'너무 멀리 왔어…….'

살아가고 싶었다.

단지 그거면 아무것도 필요 없을 것만 같았다.

상처 입은 마음의 조각들을 하나도 남김없이 줍고 싶었다.

이어가는 퍼즐의 조각처럼.

지독한 슬픔을 잊고 싶어 누군가에게 기대어보려 했지만, 보이는 것은 정적뿐이었다.

그걸 깨달았을 때, 내 인생이 걸어갈 마지막이 너무도 선명하게 그려졌다.

가족과의 관계도 회복할 수 없을 정도로 무너져 버린 상태이다.

할 수 있다는 용기와 희망이라는 단어를 잃어버린 지도 너무나 오래되었다.

한때는 누가 내 창문을 두드려 나를 밖으로 불러내 주었으면 하는 바람도 있었다.

세상과의 단절.

오늘에서야 그 잊힌 시간들이 소중하다는 것을 알게 되었다.

함께했던 웃음과 되돌릴 수 없는 추억들…….

떠오르는 옛 생각에 사로잡혀 어색한 웃음을 지을 때, 조용히 읊조렸다.

'혼자가 아니야.'

하지만 그것은 나의 작은 착각일 뿐.

세상은 나를 있는 그대로 보려 하지 않았다.

절망에 사로잡힌 상황을 운명으로 받아들이고 있는 나를 붙잡고는 세차게 흔들었다.

"일어나! 너는 실패자가 아니야!"

초췌한 내 모습이 젊은 나의 목소리를 듣지도, 내 존재를 느끼지도 못했다.

그의 몸을 붙잡는 순간, 그가 떠올리고 있는 생각들이 느껴졌다.

분노, 실패, 도망, 회한, 후회, 슬픔, 절망, 자살…….

나는 참을 수가 없었다.

"안 돼! 모든 것은 달라졌어!"

그때였다.

갑자기 초췌한 내가 젊은 나를 돌아보았다.

"아니! 달라지지 않았어! 너는 영원히 실패자야! 크하하하!"

그 모습은 내가 아니었다.

검은 모자 차태석이었다.

아니, 나를 차가운 땅바닥에 눕게 만들었던 도운으로 바뀌어 있다.

"아니야! 나는 실패자가 아니야!"

나는 소리쳤다.

그리고 그에게서 떨어지는 순간,

모든 것이 허물지고 있었다.

내가 머물렀던 집도, 건물들도, 그리고 하늘과 땅도 무너져 내렸다.

"아악!"

피할 곳이 없었다.

하늘과 땅마저 무너진 세상이다.

천지사방은 빛이 사라진 끝없는 흑암으로 바뀌었다.

그러자 내 몸은 한없이 거대한 흑암의 구렁텅이 속으로 떨어져 내렸다.

마치 지옥으로 향하는 절망의 터널처럼 느껴졌다.

모든 것을 포기하려는 순간, 나를 사로잡는 소리가 들려왔다.

"손을 잡아!"

그 소리의 주인공은 정확히 알 수 없었다.

엄마인가? 아니면 가인인가?

"어서 일어나서 손을 잡으라고!"

확연히 느껴지는 소리에 나도 모르게 손을 뻗었다.

그러자 흑암이 한순간에 사라지고 사방이 온통 빛으로 바뀌어 버렸다.

밝은 빛에 눈이 부셨다.

그때였다.

"깨어났어요! 깨어났다고요!"

호들갑스러운 목소리가 들렸다.

나는 무거워진 눈꺼풀을 힘겹게 들어 올렸다.

눈에 비친 모든 것이 뿌옇게 보였다.

시간이 흐르자 주변 사물이 좀 더 뚜렷하게 보였다.

눈앞에 보이는 사람은 가인이었다.

그리고 심마니 정씨가 황급히 방 안으로 들어오는 것이 보였다.

"하하하! 쉽게 죽을 인물이 아니라고 했잖아."

심마니 정씨가 웃음을 보이며 말했다.

그리고 그의 손에는 무언가를 담은 약사발을 들고 있었다.

온몸이 물먹은 솜처럼 무겁고 힘이 들어가지 않았다. 정말 손가락 하나 움직일 힘조차 없었다.

입을 열어 무엇라고 말하고 싶었지만 목소리가 나오지 않았다.

"오빠, 내 목소리가 들리지? 오빠는 5일 만에 깨어난 거야."

가인이는 꽤나 흥분한 목소리였다. 그녀의 말에 나는 눈만 깜빡거렸다.

"자! 이걸 마시고 어서 빨리 일어나라고. 자네가 내 천종산삼을 다 뺏어갔으니까. 정말 임자가 따로 있다니까."

심마니 정씨는 내 머리를 들고서는 약사발에 담긴 것을 마시게 했다.

아마도 그의 말이 맞는다면 심마니 정씨가 내게 보여주었던 천종산삼을 내가 다 복용한 것 같았다.

목구멍으로 넘어가는 약에서 진한 향내가 났다.

'5일이라……. 잠깐 꿈을 꾼 것 같은데…….'

지독한 악몽이었다.

다시는 꾸고 싶지 않은 꿈이었다.

'설마 지금도 꿈을 꾸고 있는 것이 아니겠지.'

정말 모든 것이 현실이 아닌 꿈처럼 느껴졌다.

가인이가 내 손을 잡았다.

가인이의 눈은 퉁퉁 부어 있었다. 아마도 나 때문에 많이 운 것 같았다.

"한 번만 더 이런 모습을 보이면 정말 가만두지 않을 거야."

밝게 웃으면서 말하는 가인이의 눈에서 눈물이 흘러내렸다.

"자네를 간병하느라 가인 양이 잠을 통 자지 못했다네. 가인 양이 없었다면 자넨 일어나지 못했을 거야."

말을 하는 심마니 정씨 왼쪽 어깨에는 붕대가 감겨 있다.

처음에는 옷에 가려져 보지 못했다.

그도 나처럼 흑천의 인물에게 부상을 당한 것이다.

나는 눈을 돌려 재빨리 가인이를 살폈다.

다행히도 가인이는 아무런 상처가 없었다.

"고… 마… 워."

나는 간신히 입을 열었다.

모깃소리 같은 아주 작은 목소리였다.

"알면 어서 빨리 일어나. 앞으로는 그렇게 맥없이 쓰러지게 두지 않을 거야. 여기 계신 정씨 아저씨가. 오빠를 도와줄 거야."

가인이는 내 손을 두 손으로 굳게 잡으며 말했다.

나중에 심마니 정씨에게 들은 이야기지만 가인이가 놀라운 무공 실력을 보여주었다고 한다.

나를 공격했던 도운에게 무서운 살심을 드러낸 가인이는 송 관장이 정말 목숨이 위급한 상황이 아니면 보이지 말라는 수법을 펼쳤다.

송 관장이 무공을 연마하러 산속을 헤매고 다닐 때 한 동굴에서 발견한 옛 고서에 나온 수법이다.

동굴 안에는 남녀로 보이는 해골이 있었고, 그 옆의 가죽 주머니에 무공서가 들어 있었다고 했다.

너무 오래된 고서여서인지 책의 전반부는 글씨를 알아볼 수 없을 정도로 훼손된 상태였다.

후반부만 간신이 볼 수 있었다.

처음에는 책의 후반부에 나온 무공 수법들이 너무나 강력하고 인명을 단숨에 살상하는 수법이라 익히기를 꺼렸다고 한다.

하지만 그냥 버려두기에는 너무나 뛰어난 무공이라 결국 송 관장은 산중에서 수련하면서 네 가지 수법 중에서 세 가지를 완벽하게 익혔다.

그중에서 여자가 익힐 수 있을 만한 것을 가인이와 예인이에게 한 가지씩 전수해 주었다고 한다.

그 수법을 도운에게 펼친 것이다.

도운은 나에게 마지막 일격을 가하려고 할 때 가인에게 받은 공격으로 부상을 입었다고 한다.

마연 또한 심마니 정씨와의 대결에서 그를 넘어서지 못하자 뒤로 물러나게 되었다.

마연도 심마니 정씨에 의해서 적지 않은 부상을 입었다

고 한다.

지금 머물고 있는 곳은 분지에서 안쪽으로 더 들어간 곳이었다.

심마니 정씨만이 아는 비밀스러운 곳이었다.

또 다른 흑천의 인물들이 들이닥칠 것을 예상하여 재빨리 장소를 옮긴 곳이다.

분지의 뒤쪽은 바로 절벽으로 이어졌지만 교묘하게 위장된 길이 나 있었다.

심마니 정씨가 가져다주는 탕약을 마시면서 5일이 지나자 자리에서 일어날 수 있었다.

그의 말로는 조금만 더 심장 쪽으로 가까이 갔다면 나는 그 자리에서 죽었을 것이라고 한다.

도운이 내게 펼친 수법은 철사장(鐵砂掌)이었다.

심장 바로 아래에 검은 손바닥 자국이 나 있다.

철사장은 극강(極强)의 외공으로 쉽게 익히기 힘든 무공 중의 하나였다.

장을 강하게 단련하는 것은 경공(硬功)에 속하는 것으로 보통 7~8년 이상을 단련해야지만 위력이 나온다.

철사장은 각 문파마다 수련하는 법이 조금씩 다르다.

약물과 불에 달군 쇠모래를 이용하는 수련법도 있지만, 처음 3년간은 주머니 속에 녹두와 향신료의 일종을 섞어서

넣은 주머니를 가격하여 손등과 바닥을 단련한다.

연공 후에는 약탕에 손을 담가 손에 오른 독을 푸는 것이 필수다.

다음에는 백랍, 인중백, 동초 등을 섞어 조린 것을 주머니에 넣고 다시금 4년을 수련한다.

수련이 끝나면 쇠에 버금가는 단단함을 자랑하는 박달나무도 단 한 번의 가격에 박살이 난다.

더구나 수련의 깊이가 깊어질수록 발경(發經)을 펼칠 수 있게 된다.

발경에도 장경, 단경, 냉경, 암경 등 다양한 단계가 있다.

계속된 수련을 통하여 발경의 최종 단계인 침투경(浸透勁)에 도달할 수 있다.

이 침투경은 외상이 전혀 없는 상태에서 상대의 근골은 물론 내장을 파괴하여 즉사시키는 발경타법의 최종 단계이다.

더 나아가 타격을 가한 후 한 시간, 혹은 서너 시간이 지난 후에 인명을 살상할 수 있는 단계까지 도달할 수 있다.

하지만 이 같은 수법을 펼치려면 적어도 수십 년의 세월과 깨달음이 필요했다.

다행인 점은 도원의 철사장 단계는 단경에 머물러 있었다.

단경은 짧게 끊어서 쳐 위력을 크게 가하는 수법이다.

하지만 그가 익힌 철사장은 흑혈사장으로 불리는 수법으로 수련하는 동안 체내에 오른 독을 상대방에게 전가시킬 수 있었다.

심장 아래에 검은 손바닥 자국이 남아 있는 것이 흑혈사장에 당한 증거이다.

심마니 정씨는 독에 관해서 많은 것을 알고 있었다.

더구나 그는 철사장을 능가하는 금사장(金砂掌)을 익힌 고수였다.

금사장은 중국의 정도 무림의 대표 격인 소림사 72예(藝) 중의 하나이다.

소림72예는 36가지의 외공과 36가지의 내공으로 구성된 연공법이다.

그가 어떻게 외부인에게는 절대로 전해지지 않는 금사장을 익힐 수 있었는지는 알 수 없었다.

Chapter 3

몸을 일으킬 수는 있었지만, 걸을 때마다 가슴이 바늘로 찌르는 것처럼 아팠다.

또한 감기에 걸린 것처럼 잔기침과 함께 아직까지 다리에 힘이 들어가지 않았다.

이러한 몸 상태 때문에 가인이는 나를 위해서 일주일 동안 서울에 올라가지 않았다.

일주일을 병간호에 매달려 있던 가인이는 결국 내 성화에 못 이겨 서울로 올라갔다.

전화도 없는 이곳에서 서울에 있는 학교와 회사에 연락

할 방법이 없었다.

가인이를 통해서 학교와 회사에는 시골에 놀러 갔다가 높은 곳에서 떨어져 낙상했다고 전하게 했다.

치료가 끝나는 대로 서울로 상경할 거라는 말도 함께 전했다.

"아직 바람이 찬데 안으로 들어가지 그러나."

심마니 정씨는 캐온 봄나물과 약초들을 말리고 있었다.

"아닙니다. 이제는 조금씩 다리에도 힘이 붙는 것 같습니다."

"너무 무리하지 말게나. 몸이 많이 축난 상태라네."

"예, 한 바퀴 돌고 오겠습니다."

"무슨 일이 있으면 바로 고함을 지르게."

산중이라서 고함 소리에 메아리가 울려 퍼졌다.

"알겠습니다."

염려스러운 눈으로 바라보는 심마니 정씨를 뒤로한 채 소나무로 둘러싸여 있는 숲으로 향했다.

숲으로 들어서자 향긋한 솔향기가 코끝을 자극했다.

사스락사스락!

봄을 알리는 바람 소리가 소나무들을 흔들어 깨웠다.

"모든 게 꿈만 같구나."

한동안 꿈속에서 본 모습이 머릿속을 떠나지 않았다.

초췌한 자신의 모습이 마지막 종착역을 향해 달려가고 있었다.

생각하기도 싫은 옛 모습이 너무도 선명했다.

이곳에서 이루었던 모든 것이 다 신기루처럼 느껴졌다.

꿈에서 다시 꿈을 꾸는 것처럼…….

솔향기가 더욱 진해지자 머리가 점점 맑아져 갔다.

자리에 누워 있든 동안에는 혹시 몸이 회복되지 못하는 것이 아닐까 하는 생각도 들었다.

도운에게 당했을 때는 고통이 느껴지지 않았다.

오히려 긴 잠에서 깨어나 몸이 회복되는 과정에서 참을 수 없는 지독한 고통이 밀려들었다.

이대로 끝날 것 같은 고통에 참지 못하고 소리쳤다.

그런 나를 고스란히 받아주고 함께해 준 것이 가인이다.

성심을 다하는 병간호가 아니었다면 이리도 빨리 몸을 일으킬 수 없었을 것이다.

흑혈사장의 독을 몸 밖으로 배출하기 위해서 먹은 붉은 머리 왕지네와 이름 모를 약초들로 인해서 온종일 땀이 비 오듯 했다.

더구나 몸에서 땀을 더 배출시키기 위해서 심마니 정씨는 나무를 쉴 새 없이 태워 구들장 온도를 높였다.

온몸에서 분출되는 땀은 일반적인 땀이 아니었다. 물에 설탕을 섞은 것처럼 끈적끈적한 땀이었다.

심마니 정씨는 하루 종일 탕약을 달이고 나무를 해왔다.

팬티 한 장 입지 않고 벌거숭이가 되어버린 내 몸을 정성껏 닦아준 것은 가인이었다.

온몸이 불덩어리처럼 뜨거워진 몸을 밤새 찬물로 체온을 나누어 준 것도 가인이다.

가인이를 서울로 올려 보낸 이유 중에 하나도 내 간병을 하느라 잠을 이루지 못했기 때문이다.

어느 정도 몸을 추스를 수 있게 되자 서울로 올려 보낸 것이다.

"후후! 말하는 모습이 쌀쌀맞기는 해도 가인이만 한 여자애도 없지."

정말 너무나 고마웠다.

말로 고맙다고 말하기에는 가인이가 너무나 고생을 했다.

서울로 돌아가면 가인이에게 받은 고마움을 돌려주기 위해 노력할 것이다.

한꺼번에 모든 것을 갚을 수는 없겠지만 앞으로 조금씩 갚아나갈 생각이다.

예상대로 심마니 정씨는 백야의 인물이었다.

하지만 그도 1년 전부터는 다른 백야의 인물들과는 연락이 끊겼다고 말했다.

흑천이 백야의 인물들을 전문적으로 암살하기 위해 만든 천살단이 목적을 이룬 것이라고 볼 수 있었다.

소나무 숲을 벗어나자마자 산허리를 볼 수 있는 풍광 좋은 장소가 나왔다.

이곳에 오면 앉던 넓적한 바위에 걸터앉았다.

"헉헉! 아직은 좀 힘드네."

대략 20분 정도 걸었는데 숨이 찼다.

몸이 완전하게 정상으로 돌아오려면 앞으로 한 달 정도 더 요양을 해야 한다고 심마니 정씨가 말해주었다.

하지만 한 달이라는 시간을 이렇게 보낼 수는 없었다.

그동안 벌여놓은 일이 너무나 많기 때문이다.

닉스의 신제품을 비롯하여 새롭게 만들어진 블루오션에서 처음 제품을 준비하고 있는 중요한 시기였다.

내가 없는 이주일 동안 비전전자와 명성전자도 난리가 아니었을 것이다.

회사 대표인 내 결제를 필요로 하는 일들이 많기 때문이다.

"너무 빠르게 달려왔나 보네. 이제 좀 천천히 뛰어야

겠지."

산허리를 두르면서 구름이 올라오고 있다.

나는 가인이가 주고 간 편지를 꺼냈다.

몇 번이나 읽어본 편지이다.

눈을 감고 있는 오빠를 잃어버릴까 너무나 두려웠어.

이대로 떠나보내는 것이 아닐까 하는 생각을 하루에도 수십 번 고쳐야만 했어.

그럴 때마다 눈물이 멈추지를 않았어.

엄마가 떠나간 날에 말라 버린 눈물이 말이야.

처음 보았을 때는 그저 쉽게 지나칠 사람이라 여겼지.

사람들에 휩쓸려 변해 버린 나를 오빠는 다정하게 꾸짖어주었어.

모든 것이 빠져나간 뒤에 잡은 손의 따스함이 너무도 소중했어.

이제는 조금은 알 것 같아.

많이 고민하고 생각한다고 해서 되는 것이 아니라는 것을.

바람에 몸을 맡기는 나뭇가지들처럼 이젠 마음이 이끄는 대로 가야 된다는 것을 말이야.

지금은 부족하지만 앞으로는 달라지겠지…….

살아줘서 고마워.

가인이가 무엇을 말하는지 똑똑히 느껴졌다.

이번 일로 인해서 나와 가인이는 서로에 대해 깊게 생각하는 계기가 되었다.

내색은 하지 않지만 속이 깊은 가인이었다.

그런 가인이가 옆에 있다는 게 참으로 고마웠다.

친동생처럼 생각했지만 어느 순간부터 가인이가 마음 한편에 자리 잡기 시작했다.

머리카락을 휘날리게 만드는 시원한 바람이 불어왔다.

그 바람을 실컷 맞으며 외쳤다.

"앞으로 더 힘들 날들이 펼쳐지겠지만 나는 물러서지 않아! 절대로!"

맞은편 산에서 메아리가 울려 퍼졌다.

"물러서지 않아! 절대로!"

메아리는 합창을 하듯이 길게 이어졌다.

속이 후련했다.

억눌린 것들이 모두 밖으로 빠져나온 것처럼 편해졌다.

이 외침은 나에 대한 다짐과 흑천의 인물에게 두 번 다시 당하지 않겠다는 결심이었다.

삶과 죽음의 경계를 두 번이나 오갔다.

그 때문인지 이전보다도 삶에 대한 애착이 더했다.

이제부터는 더 이상 타인의 손에 의해서 내 생명이 좌지

우지되지 않도록 할 것이다.

또한 나를 이렇게 만든 흑천을 이대로 두고 보지도 않을 것이다.

심마니 정씨를 통해서 흑천이 얼마나 잔혹한 일들을 벌여왔는지 알게 되었다.

남북한으로 갈라져 있는 지금의 현실도 어쩌면 흑천의 야망과 욕심 때문일 수 있었다.

그들은 우국지사와 독립투사들을 자신들의 이권을 위해서 무차별적으로 암살했다.

김일성이 달콤하게 제시한 것은 북한의 함경도를 아예 흑천에게 내준다는 것이었다.

공산주의가 내세웠던 공평과 평등을 내세운 것처럼 흑천도 그와 유사한 이념을 가지고 있었다.

흑천은 자신들만의 나라를 만들려는 꿈을 꾸었지만, 김일성의 배신으로 그 꿈을 끝내 이루지 못했다.

흑천은 그 후 공평과 평등이라는 이념을 버렸다.

이제는 흑천에 속한 인물들과 그렇지 않은 사람들 간에는 엄연한 차별이 존재했다.

흑천의 인물들은 선택 받은 사람들로 분류했다.

극한의 수련과 훈련을 통하여 새롭게 태어나는 흑천의 인물들은 단연코 보통 사람들과는 달라야 한다는 것이 새롭게 정해진 흑천의 율법이었다.

흑천은 자신들이 이루려는 대업에 방해가 되는 인물들은 그 어떤 위치에 있든지 간에 제거 대상이었다.

살인을 저지르는 것에 대해서 전혀 주저함이 없는 이들로 인해서 해방 후부터 지금까지 수많은 인물이 소리 소문 없이 사라져 갔다.

흑천이 최종적으로 꿈꾸는 것은 대한민국을 넘어 북녘의 땅까지 지배하는 것이었다.

그 말을 심마니 정씨에게 듣는 순간 정말 어처구니가 없었다. 아니, 도저히 믿을 수가 없었다.

하지만 흑천은 대한민국의 경제와 문화, 그리고 밤의 세계에까지 영향력을 끼치는 위치까지 올라왔다고 한다.

지속적으로 정치인들에게 정치자금을 지원하는 것은 물론이오, 흑천의 인물을 정계에 진출시키기까지 했다.

이미 80년대 초중반부터 군사정권에 협력하여 상당한 영향력을 행사하는 위치에 올라 있다고 한다.

그들이 누군지는 심마니 정씨도 모르고 있었다.

머무는 숙소로 돌아오면서 다시금 흑천과의 싸움을 생각해 보았다.

나를 도와 싸울 우군이라고는 심마니 정씨와 행복찾기의 김인구와 정명석뿐이다.

가인이는 전면에 나서게 하지 않을 생각이다.

아직 어린 가인이는 학생이고 해야 할 일이 많았다.

"먼저 흑천에 대해서 철저히 조사를 해야겠지. 강남의 신세계도 흑천과 연관되어 있을 것이 분명하고……. 몇몇 대기업도 그들과 연계되어 있다고 했으니까. 후우! 흑천은 힘과 돈, 그리고 권력까지 가진 집단이구나."

나도 모르게 깊은 한숨이 나왔다.

솔직히 어디서부터 어떻게 시작해야 될지 막막했다.

흑천은 거대한 조직이자 집단이었다.

그저 새롭게 살게 된 인생을 보다 멋지게 살고 싶은 마음에 열심히 일해왔다.

그리고 그에 대한 성과도 표면적으로 나타나고 있다.

그러나 어느 순간 알게 모르게 흑천과 연관된 일과 마주하게 되었다.

흑천이 진행하고 있는 무시무시한 일들과 그들에게서 죽을 뻔한 지금의 상황을 그냥 무시할 수는 없었다.

내가 그렇게 정의로운 사람은 아닐지라도 이건 그냥 지나칠 수 있는 문제가 아니었다.

더구나 이 이야기를 세상에 떠들어도 믿어주는 사람들이 거의 없다는 것이 문제였다. 분명한 점은 흑천을 피한다고 해서 해결되지 않는다는 것이다.

이젠 누군가가 나서야 할 때였다. 그것이 내가 되던 심마니 정씨가 되던 간에 말이다.

지금은 분명 흑천과 싸우는 것이 정답이었다.

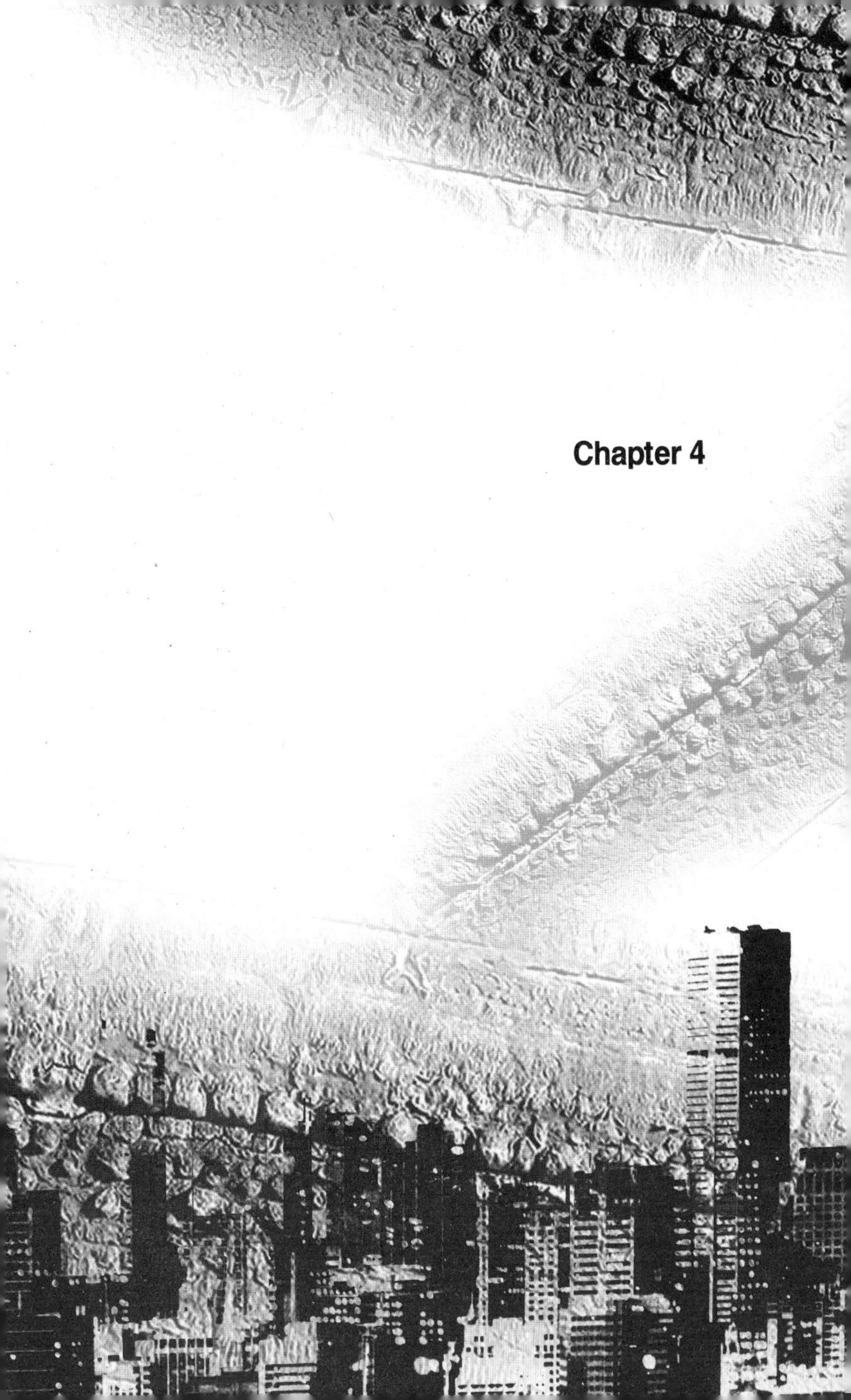

Chapter 4

내가 거느리고 있는 네 개의 회사는 나의 부상 소식에 화들짝 놀라고 있었다.

당장에라도 회사의 중요 핵심 인물들이 나를 찾아올 기세였다.

깊은 산중에 버스도 다니기 힘든 곳이라는 가인이의 설명과 가인 편에 전해준 편지를 읽고는 일단 움직임을 유보했다.

각 회사의 핵심 인물에게 전해진 편지는 내가 없는 도중에 발생할 수 있는 일에 대한 결재권을 부여했다.

대부분이 금전적인 부분이 들어가는 일이었다.

닉스는 한광민 소장이 있기에 크게 문제될 것이 없었다.

오션블루 또한 아직까지 개발을 진행하고 있기에 크게 자금이 소요되는 부분이 없었다.

하지만 명성전자와 비전전자는 달랐다.

신규로 짓고 있는 기숙사와 새롭게 조립라인을 설치하는 작업이 진행 중이다.

비전전자도 PC 부품의 수요가 급속히 늘어나자 매장 하나를 더 구입할 요량이었다.

새롭게 신설할 매장은 선인상가에 두기로 했다.

문제는 비전전자에 근무하는 김송미 과장이 아직까지 출근을 하지 않고 있었다.

명성전자를 이끌던 김충수 사장이 건강이 좋지 않아서 그를 돌보고 있었다.

비전전자에서 책임지고 일을 이끌어갈 인물이 아직까지 없었다.

강호와 신구 또한 일을 배우는 과정에 있다.

그나마 두 친구가 있다는 것이 다행이었다.

명성전자는 박철용 상무에게 모두 일임해야만 했다.

지금까지 나에게 믿음을 보여준 사람이고 무엇보다 적극적으로 나를 따랐다.

현재 회사들은 중요한 시점에 놓여 있었다.

앞으로 더욱 나아갈 수 있는 발판이 놓여 있는 지금이야말로 한 단계 더 도약을 할 수 있는 시기였다.

올해는 국제 시장 환경이 변화되는 시기이기도 했다.

작년에 86년 만에 소련과 국교정상화가 이루어졌다.

그리고 1991년인 올해 소련이 붕괴되어 소비에트 연방구성 15개 공화국이 모두 독립국가가 되었다.

또한 폴란드와 체코슬로바키아 비롯하여 동유럽의 공산주의가 종식되는 한 해이기도 하다

이 역사적인 사실을 미리 알고 있다는 것은 정말 중요한 일이었다.

* * *

중구 태평로에 위치한 한라그룹 본사 건물에서는 분기 사장단 회의가 열리고 있었다.

한라그룹의 한 축을 담당하는 건설업에 대한 한 해 계획과 작년 성과에 대해 발표하고 있었다.

전반적으로 큰 어려움 없이 국내외로 건설 공사를 따냈다.

작년과 별반 다르지 않았다.

하지만 신발과 섬유를 담당하는 한라상사의 실적은 좋지 않았다.

한라상사는 나이키를 국내에 들여와 판매하는 회사였다.

매년 20% 이상 놀라운 성장세를 보이고 있던 나이키의 작년 실적이 목표치인 25%를 이루어내지 못했다.

갑작스럽게 등장한 닉스 신발로 인해서 목표치의 절반인 14%의 성장세에 묶이고 말았다.

4년 동안 이어져 오던 20%의 성장이 멈춰 버린 것이다.

나이키 본사와 협력으로 통해서 처음으로 시도했던 세일전도 예상보다 큰 성과를 이루어내지 못했다.

"올해 판매 성장률은 작년에 비추어서 18%로 잡았습니다. 대리점을 보다……."

한라상사를 맡고 있는 박문수 사장이 쓰고 있는 금테안경을 올리며 말했다.

한데 그의 목소리가 예전처럼 자신감이 넘치지 못했다.

"그걸 목표라고 잡았나?"

발표가 끝나기도 전에 묵직한 음성이 장내에 울려 퍼졌다.

회의 탁자의 상석에 앉아 있는 정태술 회장이었다.

그의 얼굴 표정은 심기가 불편해 보였다.

"예, 그게… 작년의 성장률과 판매량을 토대로……."

그때였다.

쾅!

회의 탁자를 내려치며 정태술 회장의 호통 소리가 회의실을 가득 채웠다.

"그런 썩어빠진 생각들을 하니까 발전이 없는 거야! 작년에 부진했으면 올해는 그 이상을 해낼 수 있는 계획과 비전을 제시해야 될 것 아니야! 통계로만 사업할 거야?"

큰소리로 호통을 치는 정태술 회장의 말에 박문수 사장은 고개를 숙일 뿐이었다.

그동안 승승장구하던 나이키의 인기를 너무 믿고 있었던 결과였다.

나이키는 특별한 이벤트나 판매 계획을 세우지 않아도 판매에는 전혀 문제가 되지 않았었다.

"한라상사는 별도로 보고해. 다음은 누구야?"

정태술 회장의 말에 박문수 사장은 힘없이 자리에 앉았다.

정 회장의 눈 밖에 나는 순간 자리를 보존하기 쉽지 않았다.

박문수는 한라상사의 사장에 오르기 위해서 지난 20년 동안을 밤낮을 가리지 않고 일해왔다.

그는 3년 전에 한라상사의 사장에 올랐다.

정태술 회장의 말에 한라시멘트의 사업 보고가 이어졌다.

회의장의 분위기가 좋지 않게 돌아가자 계열사 사장들은 바짝 긴장했다.

*　　　*　　　*

사장단 회의가 끝나도 자신이 맡고 회사로 돌아가지 못한 사람은 박문수 사장뿐이었다.

“문제가 정확하게 뭐냐?”

한라빌딩 18층에 위치한 회장실에서 담배를 물고 있는 정태술의 표정은 회의장에서보다는 풀어져 있었다.

다른 계열 회사들의 사업 실적과 전망치가 좋았기 때문이다.

“닉스라는 신생 브랜드가 젊은 층에 상당한 인기를 끌고 있습니다. 그 영향을 아디다스나 아식스보다 저희가 판매하는 나이키가 더 많이 받았습니다.”

“외국 회사 제품이야?”

정태술은 길게 담배 연기를 뿜어내며 물었다.

“아닙니다. 국내 신생 브랜드입니다.”

바짝 긴장한 표정의 박문수가 대답을 했다.

"어이! 지금 장난해? 신생 브랜드에게, 더구나 국산 브랜드에게 쩔쩔맨다는 소리를 지금 내 앞에서 하는 거냐?"

기분이 나아졌던 정태술의 얼굴 표정이 구겨졌다.

건설업을 토대로 그룹으로 성장시킨 정태술은 그룹 초장기까지만 해도 마음에 들지 않은 임원들에게 손찌검을 했다.

"문제는 닉스의 신발이 나이키보다 디자인적으로나 질적으로 좀 더 우수하다는 평가를 받고 있습니다."

박문수 사장은 간신히 입을 열어 상황을 설명했다.

정태술은 박문수의 말에 인터폰을 들었다.

"야! 빨리 가서 닉스 신발 종류대로 다 사와."

정태술의 기분이 좋지 않은 상태이다.

그가 기분이 나쁠 때는 무조건 반말이 먼저 나왔다.

"알겠습니다, 회장님."

비서실도 바로 상황을 파악했는지 부리나케 백화점으로 비서실 직원을 파견했다.

"한데 말이야, 내 궁금해서 그런데, 나이키보다 신발을 더 잘 만들 수 있는 업체는 몇 군데밖에 없지 않아?"

"예, 아디다스와 리복, 그리고 푸마가 세계적으로도 지명도가 있고 판매량도 나라에 따라서 엎치락뒤치락합니다."

"그러면 닉스라는 신생 업체가 세계적으로 손꼽히는 기

업을 다 물리치고 있다는 말이잖아."

정태술은 머리가 비상했다.

고등학교를 졸업하고 늦은 나이에 대학을 졸업했지만, 번뜩이는 머리로 지금의 한라그룹을 이루었다.

일류대학을 나오고 전문 분야를 전공한 사람보다도 핵심을 꿰뚫어 보는 눈이 뛰어났다.

"예, 현재 국내 시장은 그렇습니다."

"내가 TV에서 광고를 본 적이 한 번도 없는 것 같은데. 광고를 어떤 방식으로 했기에 사람들의 관심을 끈 거지?"

"회장님 말씀대로 TV 방송은 하지 않았습니다. 영화가 상영되는 극장에서만 광고를 했습니다. 그리고 독특한 광고 기법을 썼는데……."

김문수는 닉스가 국내에서 자리 잡을 수 있던 이야기를 전했다.

이야기가 끝났을 때쯤 비서실 직원이 신발이 담긴 상자 두 개를 들고 들어왔다.

"두 종류밖에 구할 수가 없었습니다. 다른 신발들은 모두 품절된 상태였습니다."

비서실 직원이 구입한 신발은 초기에 나온 닉스-0(제로)와 닉스-Blue(블루)였다.

"기발한 놈이군. 이리 가져와 봐."

정태술의 말에 비서실 직원이 신발 상자를 탁자에 올려 놓았다.

상자에서 신발을 꺼내 든 정태술은 꼼꼼하게 닉스 신발을 살폈다.

“음, 잘 만들었네. 나이키 본사에서는 뭐라고 해?”

정태술의 목소리가 평상시로 돌아와 있다.

그러자 김문수의 한결 수월하게 보고를 할 수 있었다.

“새로운 제품을 미국보다 한국에서 먼저 출시하겠다는 전략을 세웠습니다. 저희가 계속 요구했던 대리점 숫자를 더 늘려주겠다는 약속까지 했습니다.”

나이키 본사는 한라상사에서 요구한 대리점 신규 계약을 미루고 있었다.

한라상사와 계약 기간이 만료되는 내년에 대리점 창설을 빌미로 좀 더 유리한 조건으로 계약하려고 했다.

“새끼들, 그렇게 콧대를 세우더니만. 닉스에 대해 한번 알아봐. 건드릴 수 있으면 건드려도 보고.”

“알겠습니다, 회장님.”

한라그룹의 정태술이 닉스에 관심을 드러내고 있었다.

한라그룹의 모태가 된 한라건설과 한라시멘트를 시작으로 매물로 나온 기업들을 합병하거나 사들이는 방법으로 지금의 그룹을 일구었다.

그가 욕심을 내었던 기업 중에는 건실했던 기업도 많았다.

한데 어느 순간부터 튼튼했던 기업들의 돈줄이 막히고 거래처가 끊기는 일들이 발생했다.

돈이 궁해진 기업체에게 한라그룹은 투자를 제의했다.

힘든 상황에서 들어온 투자를 마다할 기업체는 없었다.

그러나 한 번의 투자로 회사가 단번에 살아나는 것은 아니었다.

더구나 한라그룹은 약속했던 투자금의 절반만 제공하는 수법으로 회사를 더욱 어렵게 만들었다.

결국 투자 받은 회사는 회생이 불가능한 상태로 이어지고, 한라그룹에 헐값에 매각되는 사례가 많았다.

현재 24개의 계열사를 거느린 한라그룹은 절반에 가까운 계열사가 이러한 방법으로 그룹에 편입되었다.

한라그룹은 요즘 들어 더욱 덩치를 키우고 있었다.

Chapter 5

일주일이 더 지나자 예전보다는 아니었지만 손과 발에 힘이 돌아왔다.

주먹을 쥐어 봐도 확실히 손아귀에 힘이 실리는 것을 느낄 수 있었다.

새벽에는 예전처럼 솔밭 숲까지 가볍게 조깅을 했다.

이런 내 모습을 본 심마니 정씨는 놀란 모습이다.

자신이 예상한 것보다도 빠르게 회복되고 있었기 때문이다.

내가 생각해도 몸의 회복 속도는 놀라웠다.

처음 눈을 떴을 때에는 손가락 하나 움직일 힘이 없었다.

이대로 영원히 일어나지 못할 것 같다는 생각마저 들었다.

하루 이틀 시간이 지나면서 몸속에서 알 수 없는 미지의 힘이 꿈틀대는 것 같았다.

봄기운에 의해서 만물이 소생하는 것처럼 나 또한 새롭게 태어나는 느낌이었다.

심마니 정씨의 전 재산이라고 할 수 있는 천종삼을 모두 섭취해서 그런 것인지는 모르겠지만 시간이 지날수록 꿈틀대는 기운이 더해갔다.

침상에서 몸을 일으킬 때쯤에는 단전으로 몰려드는 기운이 어느 순간부터 거센 물길처럼 쉼 없이 달려들었다.

좁은 물길에 홍수가 나면 물이 넘쳐흐르는 것처럼 아직 제대로 기(氣)가 흐르는 길을 내지 않은 상태라 몸이 힘들었다.

평상시라면 기운을 다스리는 것에 수월했겠지만 지금은 큰 부상을 입은 상태라 쉽지 않았다.

그때 심마니 정씨가 매일 온몸을 주무르듯이 타격을 가했다.

생전 처음 받아보는 이상한 안마였다.

한데 그에게서 안마를 받는 동안 거북하게 느껴지던 기

운들이 시원하게 풀어지는 느낌을 받았다.

거기다가 그가 몸속 기운을 다스리기 위해 알려준 호흡법은 송 관장이 가르쳐 주었던 호흡법과 크게 다르지 않았다.

송 관장이 알려준 익숙한 호흡법으로 천천히 깊게 숨을 들이마시고 또 천천히 내쉬었지만 그 시간은 불과 몇 분이 되지 못했다.

부상당한 상태에서 코로 깊은 숨을 들이마시고 내뱉는 것이 불편했다.

"누가 입으로 숨을 쉬라고 했나? 숨은 코로 쉬는 것이지 입으로 숨을 쉬는 게 아니라네. 입은 말을 하거나 음식이 들어가기 위해 있는 곳이고, 코는 바로 숨을 쉬기 위해 있는 곳이네. 입으로 숨을 쉬는 것은 목숨이 다해 금방 죽을 사람만이 하는 숨 쉬기라네. 마지막으로 죽어갈 때나 입으로 쉬는 것이네. 자네도 그걸 경험해 보지 않았나?"

심마니 정씨의 말처럼 나는 죽음을 경험하던 순간, 어떻게든 숨을 쉬어보려고 물고기처럼 입을 뻐끔거렸었다.

"후우! 알겠습니다."

마음먹은 대로 숨이 쉬어지지 않자 한숨이 절로 나왔다.

"지금 상태로는 쉽지 않다는 것을 잘 아네. 하지만 입으로 숨을 쉬면 자네 몸속에 모여든 기운들이 흩뜨려지고 만

다네. 누구에게 호흡법을 배웠는지는 모르지만 자네 몸속에는 적지 않은 기운이 있어. 그걸 이번 기회에 모두 자네 걸로 만들어보게나."

지켜보던 심마니 정씨가 밖으로 나가자 나는 다시 숨 쉬기를 시도했다.

하지만 또다시 배꼽 아래로 숨을 쉬기 위해 자리에 앉으면 방금까지 아무렇지도 않던 옆구리가 갑자기 결렸다.

또한 등줄기에 마치 무슨 벌레가 스멀스멀 기어가는 것처럼 가려웠다.

"푸우! 이게 아닌데……."

아프지 않았을 때는 그리 어렵게 느껴지지 않았다.

그런데 지금은 처음 호흡법을 배운 사람처럼 어설프고 어려웠다.

"몸이 정상이 아니긴 해도 이 정도는 충분히 해낼 수 있는데. 무엇을 달라진 거지."

그동안 해오던 호흡법은 자연스럽게 몸에 배어 있었다.

눈을 감고 천천히 놓친 부분을 떠올려 보았다.

"무엇보다도 욕심을 부리지 말고 천천히, 그리고 서서히 하되 단전 안에 닿을 수 있게 은은히 깊게 하게나."

머릿속에서 송 관장의 목소리가 들려왔다.

그가 처음 호흡법을 배울 때 해주던 말이다.

어떻게 해야 되는지 갈피를 잡지 못할 때 이 말이 큰 도움이 되었다.

'아아! 내가 욕심을 부리고 있구나.'

단번에 기운을 받아들이고 싶은 마음 때문에 너무 배에 힘을 주다 보니 배가 아픈 것이었다.

나를 이렇게 만든 도운과 흑천에게 복수를 하고 싶은 생각이 마음속에 가득했다.

그러한 마음은 잡념을 만들어내었고 나도 모르게 힘이 잔뜩 들어갔다.

자연스럽게 이어져야 하는 호흡이 잡념과 욕심에 의해서 흐트러지게 되니 입으로 숨을 쉴 수밖에 없었다.

'모든 것을 내려놓자. 숨은 코로 쉬는 것이지 입으로 쉬는 것이 아니다.'

머릿속에 떠오른 생각마저 버리는 순간부터 옆구리와 두통이 점자 사라지며 차츰 무아지경에 빠져들어 갔다.

무아지경에 빠져들자 숨을 쉬는 것이 달라졌다.

몇 분 동안을 참지 못하고 숨이 가빠져서 입으로 거칠게 토해내던 숨이 아니었다.

게다가 더 이상 잡념에 사로잡히지도 시달리지도 않은

채 은은하고 깊게 숨을 넘길 수 있었다.

그리고 언제부터인가 온몸에 열이 오르고 뜨거운 기운이 전신으로 퍼져 갔다.

시간이 얼마나 흘러갔는지 모른 채 눈을 떴을 때에는 어스름한 저녁이 되어 있었다.

그때 순간이었지만 어둠에 잠긴 방 안이 마치 대낮처럼 훤히 눈에 들어왔다.

앉아 있는 아래쪽으로 몸에서 흘러내린 것 같은 땀방울이 흥건하게 고여 있다.

입고 있는 옷도 땀으로 흠뻑 젖어 있다. 그런데 흘러내린 땀은 일반적인 땀이 아니었다.

노릿한 오줌 냄새와도 비슷했고 색깔도 옅은 갈색을 띠었다.

마치 몸속의 좋지 않은 노폐물과 나쁜 기운이 몸 밖으로 빠져나온 것 같았다.

그때부터 무거웠던 몸이 가벼워졌고, 조깅을 할 수 있게 되었다.

Chapter 6

서울에 올라가는 시간이 생각한 것보다 늦어지자 가인이가 반가운 손님과 함께 왔다.

다름 아닌 예인이었다.

가인이게 소식을 듣고 당장 내려오려고 했지만 가인이가 말렸다고 한다.

내가 부탁한 일이기도 하다.

나로 인해서 많은 사람이 피해를 입는 것이 싫었다.

혹시나 주변을 떠나지 않은 흑천의 인물에 의해서 예인이마저 좋지 않은 일에 휘말릴 수 있었다.

가인이가 서울에 올라갈 때에도 심마니 정씨가 알려준 샛길을 통해서 움직였다.

가인이와 예인이는 내가 보던 책들을 짊어지고 왔다.

학교에는 병가를 내었지만 학과 수업을 따라가기 위해서는 그동안 부족했던 공부를 해야만 했다.

다행인 것은 가인이가 이동수를 어떻게 만났는지는 모르지만, 그동안의 강의를 요약한 노트를 가지고 왔다.

"이제 괜찮은 거냐? 얼마나 걱정했다고."

예인이는 나를 보자마자 울먹거리며 말했다.

여린 마음을 갖고 있는 예인이기에 한동안 나로 인해 마음고생을 한 것인지 얼굴색도 예전 같지 않았다.

"많이 좋아졌어. 내가 말로만 듣던 백 년 넘은 산삼을 다섯 뿌리나 먹었거든."

"정말 아무렇지 않은 거지?"

예인이는 다시 한 번 확인하듯이 물었다.

"그럼. 이젠 아침마다 조깅도 한다니까. 걱정하지 않아도 돼."

뛰는 모습까지 취하며 예인이를 안심시켰다.

"태수 오빠, 다시는 아프지 마. 나는 정말 아픈 게 싫어."

어머니가 암으로 고생하시는 걸 생생하게 곁에서 지켜보며 떠나보낸 예인이기에 또다시 자신이 사랑하는 사람을 잃고 싶지 않은 것이다.

"나도 이런 건 정말 싫다. 네 말처럼 다시는 이런 모습 보이지 않을 거야."

"알겠어. 오빠는 약속을 지키는 사람이니까."

예인이는 눈가에 고인 눈물을 훔치며 말했다.

가족이 아닌 다른 누군가가 이렇게 나를 아껴주고 사랑해 줄 수 있다는 게 신기하기까지 했다.

한때 가족에게도 소외되어 외톨이처럼 살던 경험이 있기 때문인지도 몰랐다.

"생각했던 것보다 회복이 빠르네. 정말 다행이다."

가인이가 나를 보며 안도하는 모습이다.

심마니 정씨도 그랬지만 내가 생각할 때도 일반적인 보통 사람보다도 회복 속도가 놀랍도록 빨랐다.

천종산삼과 심마니 정씨가 구해다 준 약초들의 효과이기도 하지만 그것만으로는 설명하기 어려웠다.

심마니 정씨의 정성스러운 안마와 다시 시작한 호흡법의 영향도 물론 있었다.

하지만 죽다가 살아난 내가 2주 후부터 조깅을 하고 가벼운 운동을 할 수 있다는 것은 기적이라고밖에는 설명하기 힘들었다.

분명 심마니 정씨는 적어도 한 달 이상은 요양해야 자리에서 일어나 거동할 수 있다고 말했다.

"가인이 네가 고생한 덕분이지."

"어허! 나는 아무것도 안 했던가?"

심마니 정씨가 약사발을 들고 들어오며 한마디 던졌다.

"하하! 아닙니다. 정씨 아저씨가 제일 고생하셨죠."

"내 나중에 이자까지 다 쳐서 받아낼 것이여. 자, 단번에 들이켜게."

심마니 정씨가 가져온 약사발에 담긴 탕약은 냄새가 고약했다.

"이번 약은 냄새가 좀 그러네요."

"원래 몸에 좋은 것들은 냄새가 고약한 법이여."

"후우! 아무리 몸에 좋아도 이번 약은 장난이 아니네요."

코를 부여잡고 먹지 않으면 안 될 정도였다.

"우욱!"

비위가 약한 편이 아니었는데도 약을 먹고 난 후 바로 헛구역질이 올라왔다.

"참아야 돼."

심마니 정씨의 말에 억지로 입을 막으며 올라오는 신물을 내렸다.

"허! 정말이지, 내용물이 뭔가요?"

"그건 비밀이야. 내상 치료에 특효약으로 오래전부터 내려오던 비방이지. 앞으로 하루에 한 번씩 열흘 동안 먹어야 하네."

"열흘이나요?"

이번 약은 아무리 좋아도 먹고 싶지 않다는 생각뿐이다.

"빨리 회복하려면 먹어야지. 겉은 멀쩡해졌으나 흑혈사장은 내부를 파괴시키는 무공이야. 더구나 몸속으로 침투한 독을 빼내려면 이 약이 특효야."

심마니 정씨의 말이지만 탕약은 두 번 다시 먹고 싶지 않을 정도로 비리고 역했다.

하지만 하루라도 빨리 몸을 회복한다면 똥물이라도 먹을 수 있는 각오가 서 있었다.

"알겠습니다. 빨리 회복해야죠."

"자! 나는 식사를 준비할 테니까 이야기들 나누라고."

심마니 정씨는 다시금 밖으로 나갔다.

"무슨 일을 이렇게 많이 해?"

가인이는 메고 온 가방 안에서 주섬주섬 물건들을 꺼내 놓으면서 편지가 담긴 봉투를 건네주었다.

가인이가 나에게 건네준 봉투에는 각 회사가 현재 벌이고 있는 일에 대한 진행 상태가 적힌 편지가 들어 있었다.

지금 머물고 있는 곳이 편지도 부칠 수 없는 곳이라 가인을 통해서 인편으로 보내온 것이다.

"너희에게 맛있는 것 많이 사주려고 그러지."

봉투에서 담긴 편지를 꺼내 읽으며 말했다.

"맛있는 것보다 아프지나 않았으면 좋겠습니다."

가인이의 말은 진심이었다.

편지의 내용을 보니 각 회사별로 계획했던 일에서 크게 벗어난 것은 없었다.

한 가지 달라진 것은 닉스에 외국 바이어가 찾아와서 수출 상담을 했다는 내용이다.

닉스 신발의 뛰어난 디자인과 기능이 미국에도 통할 수 있다고 여긴 것 같았다.

구체적인 수출 상담은 내가 서울로 올라오는 대로 이야기를 나누기로 했다고 적혀 있다.

닉스에어-Z(제트)와 닉스에어-X(엑스)는 계획대로 이번 달 말에 출시할 수 있었다.

명성전자나 비전전자도 큰 문제없이 일이 진행되고 있었다.

가장 큰 관심을 가지고 있는 블루오션은 다음 달 초에 시제품을 만들어낼 수 있다고 보고했다.

회사들은 내가 없어도 계획한 대로 잘 돌아가고 있었다.

하지만 내 부재 시간이 더 길어지면 문제가 될 수 있었다.

닉스의 수출 타진은 참으로 반가운 소식이었다.

신발을 만들면서 생각한 것은 나이키의 종주국인 미국이나 아디다스와 리복을 탄생시킨 유럽에 닉스 신발을 수출하는 것이었다.

OEM(주문자 상표 부착 생산 방식)이 아닌, 당당히 대한민국에서 탄생시킨 브랜드로 말이다.

수출이 성사된다면 신규로 매입한 공장도 쉴 새 없이 돌아갈 것이다.

그렇게 되면 신세계에서 투자 받은 자금도 계획했던 것보다 빨리 되돌려줄 수 있었다.

*　　*　　*

심마니 정씨가 차려준 저녁 밥상을 물리고 나와 가인이, 그리고 예인이는 날씨가 쌀쌀했지만 밖의 평상으로 나왔다.

봄이 찾아오는 4월이었지만 산속 날씨는 아직까지 저녁때가 되면 무척이나 쌀쌀했다.

맑은 밤하늘에는 수많은 별이 아름다운 장관을 연출하고 있었다.

서울에서 볼 수 없는 은하수까지 이곳에서는 볼 수 있었다.

"와아! 저 별들 좀 봐!"

예인이는 감탄사를 연발하며 밤하늘에서 눈을 떼지 못했다.

간간이 떨어지는 별똥별도 밤하늘을 수놓고 있었다.

"밤하늘에 이렇게나 많은 별이 있는지 몰랐어."

가인이도 별을 바라보며 말했다.

나의 병간호를 하는 동안은 밖으로 나와 별을 바라보는 호사를 누리지 못했다.

"그러게 말이야. 서울로 다시 돌아가면 이런 장관을 볼 수 없겠지?"

"아마도."

가인이의 말처럼 이런 밤하늘의 모습을 평생 본 적이 없다. 눈으로 다 담을 수 없는 이 아름다움을 이전에는 전혀 생각지도 못했다.

행복이란 작은 것부터 시작이라 했던가?

지금 이런 멋진 모습을 좋아하는 사람들과 함께한다는 것이 무척 행복했다.

"앞으로 잘할게."

나는 가인이를 슬쩍 훔쳐보듯이 쳐다보며 말했다.

내 말에 뜬금없다는 듯이 가인이가 나를 쳐다보았다.

그 시선이 무척이나 따뜻했다.

예전같이 쌀쌀한 느낌이 아니었다.
아마도 예인이가 없었으면 내 손을 잡았을 것이다.
"오빠는 항상 우리에게 잘하잖아."
예인이가 가인이 대신 말을 했다.
"앞으로 더 잘하겠다는 마음이 생겼어."
그때였다.
지금까지 보던 것보다 더 큰 별똥별이 지나갔다.
"저기! 별똥별이 지나간다! 빨리 소원을 빌어!"
예인이의 목소리에 우리 모두 별똥별을 쳐다보았다.
그리고 각자가 바라는 소원을 마음속으로 빌었다.
그때 가인이가 내 소원을 안다는 듯이 말을 꺼냈다.
"그 마음 변치 마."
예쁜 미소를 보이며 말하는 가인이의 말이 마음속에 와 닿았다.
'그래, 변치 않을게.'
나는 말 대신 고개를 끄떡였다.
가인이는 그런 내 모습에 슬쩍 내 손을 잡았다가 재빨리 놓았다.
마당에 피워놓은 모닥불이 사그라질 때쯤 우리 모두는 아쉬움을 뒤로한 채 안으로 들어갔다.

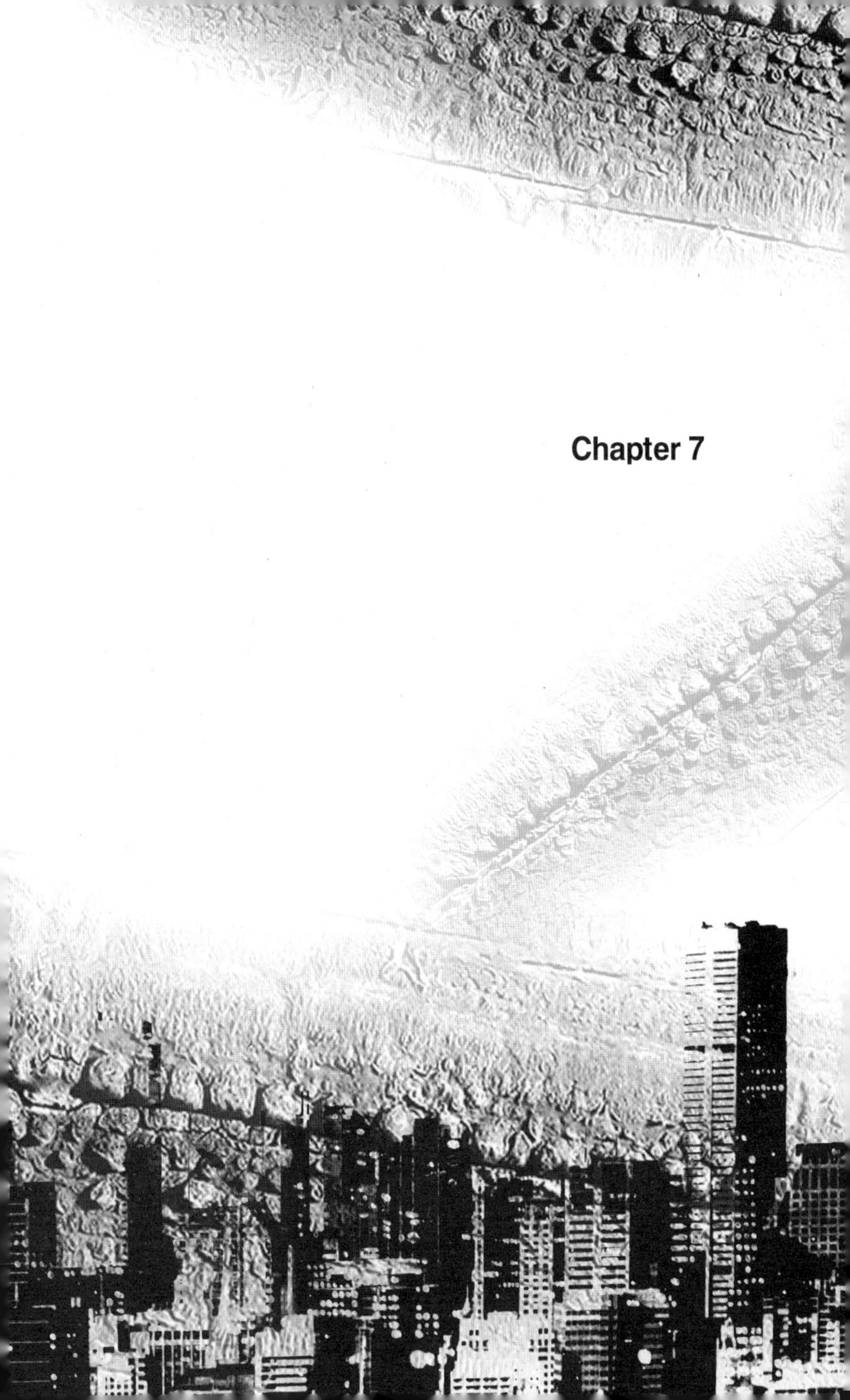

Chapter 7

가인이와 예인이는 월요일 새벽에 떠났다.

나는 이곳에서 2주를 더 머물기로 했다. 완벽하게 몸을 회복하기 위해서이다.

또한 흑천에 대한 대비와 함께 심마니 정씨에게 무술을 배우기 위해서였다.

짧은 시간 동안 배우는 것은 한계가 있겠지만, 앞으로 시간이 날 때마다 이곳으로 내려와 그에게 계속해서 가르침을 받을 계획이다.

그는 내게 실전 경험이 부족하다는 이야기를 해주었다.

더불어서 내 움직임과 실력은 무술을 배운 기간에 비해서 상당한 수준이라고 했다.

송 관장에게 배운 무술 또한 약한 것이 아니었다. 그 실례가 가인이다.

가인이는 결코 흑천의 인물에게 밀리지 않았다.

오히려 흑천의 인물이 당황해할 정도로 밀어붙였다.

"눈으로 보면 이미 늦게 되네. 자네가 당한 것은 너무 눈에만 의지했기 때문이야."

심마니 정씨는 틈이 나는 대로 나에게 이야기를 해주었다.

"흑천의 인물들은 눈에 비친 모습을 허상으로 만들 수 있다네. 더구나 그들의 움직임은 눈보다 빠르지."

도운이 그랬다.

마지막에 나를 공격했을 때에 분명 그의 공격을 피했다고 생각했다.

그러나 그 생각이 머릿속을 떠나기도 전에 나는 이미 땅에 쓰러져 있었다.

"자네보다 실력이 뛰어난 인물의 공격을 피하려면 온몸의 감각을 극대화시켜야 하네. 몸이 위험을 느끼고 먼저 반응을 보여야 하는 것이지."

심마니 정씨가 말해주는 이야기는 쉬운 일이 절대 아니

었다.

하지만 반드시 그러한 경지에 도달해야만 했다.

그렇지 않다면 흑천을 상대할 수 없었다.

문제는 시간이었다.

어린 시절부터 혹독한 훈련을 해온 그들은 이미 나보다 몇 백 배의 시간을 활용해 왔다.

심마니 정씨가 나에게 먹인 천종산삼의 기운을 다 내 것으로 만든다면 가능성은 조금 높아질 수 있었다.

내가 실력을 갖추기 전에 흑천의 인물을 만나다면 문제는 심각해질 수 있었다.

흑천의 인물들을 당분간은 피해야만 했다.

심마니 정씨는 내 몸의 움직임이 크게 어려움이 없다는 것을 확인하고 자신이 준비해 두었다는 훈련 장소로 나를 안내했다.

그가 안내한 장소는 빼곡하게 전나무가 자리 잡은 숲이었다.

전나무 숲은 산비탈이 아닌 평지처럼 자리 잡은 곳에 펼쳐져 있었다.

숲은 한두 사람이 지나다닐 수 있을 만한 공간뿐이었다.

"자! 오늘부터 이곳에서 하루 종일 숲을 빠져나가는 훈련을 하게나. 15분의 시간을 주겠네. 내일은 14분, 그다음 날은 13분, 하루하루 시간이 단축될 것이네. 조심해야 될 것은 곳곳에 함정이 설치되어 있다는 것일세."

말을 마친 심마니 정씨는 시범을 보이는 것처럼 몸을 움직였다.

마치 봄날에 찾아온 제비가 곡예비행을 하듯이 전나무 사이사이를 무서운 속도로 내달렸다.

잠깐 사이 심마니 정씨가 시야에서 사라졌다.

'허! 정말 빠르구나.'

"잘할 수 있겠지."

송 관장 집의 뒤편으로 나 있는 북한산 자락을 내달릴 때도 이러한 훈련을 했다.

그러나 이곳처럼 빼곡하게 자리 잡은 나무들 사이를 지나지는 않았다.

더구나 나뭇가지들이 아무렇게 뻗어 있기 때문에 잘못하면 옷이 찢기거나 다칠 수도 있었다.

심마니 정씨가 한 것처럼 몸을 움직였다.

하나 열 발자국도 가기 전에 멈추고 말았다.

길게 내려온 나뭇가지 하나가 뒤에서 옷자락을 잡아챘다.

"이런! 벌써부터."

쉽지 않겠다고 생각했지만 이 정도로 어려울 줄은 몰랐다.
옷에 나뭇가지를 잘라내고 다시금 내달렸다.
하지만 좀처럼 속도를 낼 수가 없었다.
나무가 너무나 빽빽해 앞을 막아선 이유도 있지만, 심마니 정씨의 말처럼 갑자기 나무토막이 불쑥 튀어나와 나를 공격했다.
크게 충격을 줄 정도는 아니었지만 속도를 낼 수 없게 만들기에는 충분했다.
동물을 잡기 위해 교모하게 설치된 덫처럼 전후좌우를 가리지 않았다.
어느 순간부터는 뛰는 게 아니었다.
단지 빠른 걸음으로 숲을 빠져나왔다.
15분 만에 돌파하라고 했지만 30분을 넘기고 말았다.
“헉! 헉! 장난이 아니네.”
숨이 찼다.
더구나 옷 꼴이 말이 아니었다.
나뭇가지에 여기저기 찢겨 나가 걸레처럼 변해 버렸다.
그뿐만이 아니었다.
회초리처럼 날아오는 나뭇가지에 맞아 팔다리가 뻘겋게 자국이 생겼다.
빠른 걸음에도 피하기가 쉽지 않았다.

"이래서 어디 되겠나? 적어도 20분 안에는 나올 줄 알았는데 말이야."

심마니 정씨는 내 몰골을 보고 재미있다는 표정이다.

"농담하시는 거죠? 그렇게 함정을 많이 만들어놓으시고서."

"껄껄껄! 그 정도는 너끈히 피해야지."

웃으면서 말하는 심마니 정씨의 말은 쉬웠지만 현실에서는 그렇지 못했다.

"정말 이렇게 훈련하면 흑천의 인물을 만나도 괜찮은 것입니까?"

힘든 훈련이 효과가 있어야 했다.

"뭐, 이전보다는 조금 더 살아날 수 있는 확률이 높아지는 거지."

"단지 그것뿐입니까?"

"자넨 오늘 처음 이런 훈련을 받았지만 흑천의 인물들은 어린 시절부터 혹독한 훈련을 받는다네. 자네가 한 달 동안 죽어라 한다고 해도 10년을 한결같이 해온 사람하고 비교해 본다면 어떻겠나?"

"무슨 말씀인지 알겠습니다."

"뭐든지 자네 하기에 달렸네. 앞으로 어떻게 해야 될지도 다 잘 알고 있을 것이네. 하하! 자넨 내가 만나본 젊은 친구

중에 가장 똑똑하다네."

그는 여유로운 웃음을 띠며 말했다.

심마니 정씨는 알면 알수록 독특하고 신비로운 사내였다.

생김새와 겉모습은 전형적인 시골 아저씨다. 그는 참 여유로웠다.

세상을 유유자적 살아가는 도인처럼 욕심의 그늘에서 벗어난 사람이었다.

그의 전 재산이라고 할 수 있는 천종산삼과 중요한 약재들을 아낌없이 나를 위해 내어주었다.

그렇다고 그 값을 치르라는 말은 단 한 번도 하지 않았다.

"그리 봐주시니 감사합니다."

"한데 말이야, 자네가 어떨 때는 나와 비슷한 사람처럼 느껴질 때가 있네. 그러니까 어린 친구처럼 보이지가 않다는 말이지."

심마니 정씨는 뭔가 나에 대해 느끼는 것이 있는 것 같았다.

친구들과 어울리면서 고쳐진 것도 있었지만 아직도 중년의 생각에서 나오는 말이 많았다.

"어린 시절부터 애늙은이라는 소리를 자주 들었습니다.

요즘도 종종 그런 소리를 듣고 있습니다."

"그랬나? 어쩐지 말하는 것이 자네 또래하고는 다른 것 같아서 말이야. 하여간 좀 쉬었다가 다시 한 번 도전해 보게. 너무 무리는 하지 말고."

심마니 정씨는 원래 내 나이로 따지면 두 살 아래다.

무리는 하지 말고 열심히 하라는 심마니 정씨의 말이 역설적이다.

"예, 알겠습니다."

"오늘은 고기 좀 먹을 수 있을 게야."

"무슨 말씀이신지?"

"눈먼 멧돼지 하나가 전나무에 설치한 덫에 걸렸더라고."

방금 빠져나온 전나무 숲에 심마니 정씨는 무수히 많은 덫과 함정을 설치해 놓았다.

* * *

저녁 석양이 한창 물들어갈 때까지 나는 전나무 숲을 뛰어다녔다.

숲은 어둠이 일찍 찾아왔다.

그러자 갑작스럽게 날아오는 나뭇가지들을 눈으로 확인

할 수 없었다.

어둠에 잠긴 숲은 위험했다.

삐쭉 튀어나온 나뭇가지와 발에 걸리는 돌부리들이 눈에 보이지 않았다.

그러자 위험은 배가 되었다.

아니나 다를까, 다리 쪽에서 소리가 들린다.

찌이익!

"아흑! 더 이상은 안 되겠다."

허벅지 아래쪽 바지가 길게 찢겨 나갔다.

더불어 살갗까지 벗겨지자 쓰라림이 심했다.

깊게 상처가 난 것 같았다.

어둠에 잠긴 숲은 충분히 도운의 공격을 재연해 주었다.

그때부터 날아오는 나뭇가지들을 단 한 번도 피하지 못했다.

낮에는 서너 번 피할 수가 있었다.

하지만 어둠이 깊어지자 도저히 피할 수가 없었다.

파공음을 동반한 나뭇가지나 나무토막들의 움직임은 도운의 공격처럼 날카롭기 그지없었다.

간신히 숲을 벗어나 머물고 있는 초막집으로 향하는 몰골은 엉망이었다.

심마니 정씨는 마당 앞에 숯불을 피우고 멧돼지를 굽고 있었다.

"하하! 몸을 보아하니 고생한 흔적이 역력하구먼."

나를 보자마자 심마니 정씨가 웃으면서 말했다.

낮에는 그나마 옷의 형태를 갖추고 있었지만 지금은 그냥 헝겊 쪼가리를 중요 부위에만 걸친 모습이다.

넝마도 이런 넝마가 없었다.

"후우! 죽는 줄 알았습니다."

사실이다. 한 번은 잘못 넘어져 튀어나온 날카로운 돌에 그대로 머리가 찍힐 뻔했다.

제때 손을 뻗어 나뭇가지를 잡지 못했다면 지금쯤 황천길을 걸어가고 있을 것이다.

"자, 배고플 테니 어서 먹으라고."

심마니 정씨가 내게 젓가락을 건네주었다.

이곳까지 올 때는 아무것도 하지 말고 그냥 누워서 쉬고 싶다는 생각뿐이었다.

하지만,

꼬르륵!

노릇노릇하게 잘 익어가는 멧돼지고기의 냄새를 맡는 순간 식욕이 미칠 듯이 일었다.

입으로 들어간 멧돼지고기는 정말 꿀맛이었다. 지금까지

먹어본 어떤 고기보다 맛이 좋았다.

몸을 움직일 때마다 온몸이 뻐근하고 피부가 까진 부위가 쓰라렸지만 젓가락질을 멈추지 못했다.

"많이 먹게나. 내일도 오늘처럼 고된 하루가 될 테니까."

심마니 정씨는 부지런히 고기를 구워서 내게 건네주었다.

그의 말처럼 많이 먹고 몸을 원래대로 회복해야 훈련을 더 힘 있게 할 수 있었다.

배가 터지도록 먹고는 씻지도 않고 그대로 잠자리에 들었다.

배가 부르자 몰려드는 잠을 참을 수가 없었다.

"자네도 고생문이 훤히 열렸구먼."

심마니 정씨는 쓰러져 있는 내 모습을 바라보며 말했다.

그는 무슨 생각을 하는지 입가에는 옅은 웃음을 머금고 있었다.

아마도 내 모습에서 자신의 젊은 시절의 모습을 연상하는 것 같았다.

그는 가지고 들어온 약초를 상처 부위에 올려주었다.

온몸이 크고 작은 상처로 가득했다. 특히나 팔 주위가 심했다.

날아오는 나뭇가지와 나무토막들을 팔로 막아냈기 때문이다.

아침이 되자 온몸이 비명을 질러댔다.

아프지 않은 곳이 없었다.

어두운 밤에는 제대로 상처를 살펴보지 못했다. 아침이 되자 상처들이 한눈에 들어왔다.

다행인 것은 큰 상처 부위엔 짓이긴 약초가 올려 있다.

정말 이런 식으로 훈련하다가는 팔다리 하나쯤은 병신이 될 것 같았다.

"후우! 잘난 얼굴은 아니지만 얼굴에 이런 상처들이 생기면 큰일인데."

갑작스럽게 날아오는 채찍질 같은 나뭇가지가 만들어낸 상처들이 팔다리에 가득했다.

얼굴에도 상처가 나면 흉터로 이어질 것이 분명했다.

그러면 그나마 괜찮은 인상이 바뀔 것만 같았다.

심마니 정씨 또한 검게 탄 얼굴 여기저기에 작은 상처가 많았다.

그냥 볼 때는 모르지만 자세히 보게 되면 많은 상처로 인해서 인상이 험해 보였다.

"일어났으면 씻고 밥 먹게나. 하하! 오늘도 재미있을 거네."

심마니 정씨는 새벽에 일어나 전나무 숲에 다시 새롭게 함정들을 만들어놓았다.

"후우! 지금은 얼굴이 문제가 아니지."

흑천의 인물들을 다시 만났을 때 죽을 확률을 줄이려고 하는 훈련이다.

한마디로 흑천 인물들의 공격을 피할 수 있게 하는 훈련이었다.

여차하면 빠르게 도망가는 실력을 늘리는 훈련도 겸했다.

손자병법에도 도망은 36계 방법 중의 하나였다.

*　　　*　　　*

쉬이익!

"아야! 한두 번도 아니고 이젠 좀 피할 때도 됐는데."

날아든 나뭇가지는 정확하게 목덜미를 감기듯이 때렸다.

순간적인 따가움에 두 손으로 목덜미를 부여잡고 연신 쓰다듬었다.

일주일의 시간이 흘러가자 어느 정도는 적응이 되어갔다.

하지만 여전히 빠르게 숲속을 달리지는 못했다.

단지 날아오는 날카로운 나뭇가지를 피할 수 있게 된 것뿐이다.

그렇다고 모두 피할 수 있는 것은 아니었다.

좁은 전나무 사이를 피할 때에 갑자기 날아오는 나뭇가지의 빠르기와 매서움은 장난이 아니었다.

가는 실을 이용하여 나뭇가지에 살짝 걸쳐 놓은 상태였기 때문에 뭘 건드렸는지도 알 수 없었다.

더구나 앞쪽에서뿐만 아니라 날아오는 방향이 동서남북을 가리지 않았다.

"후우! 매일 함정의 위치를 바꿔 버리니 알 수가 있나."

그래도 처음 훈련을 시작했을 때보다도 삼분의 일 정도는 피할 수 있게 되었다.

초기에 넝마처럼 변해 버린 옷도 이젠 형태를 유지했다.

핑!

싸악!

무언가를 또 건드리자 연속으로 소리가 들렸다.

"이크!"

이번에는 얼굴 정면으로 날아오는 나뭇가지였다.

순간적으로 활을 구부리듯이 몸을 뒤로 젖히며 피했다.

매서운 소리와 함께 나뭇가지가 휘어지며 얼굴과 닿을

듯 말 듯 스쳐 지나갔다.

"후후! 이번에는 성공. 조금 더 속력을 내볼까?"

어제까지만 해도 얼굴 정면으로 날아오는 나뭇가지들은 손을 들어야만 막을 수 있었다.

그 때문에 팔 전체가 매일 시뻘겋게 물들인 것처럼 붉어지고 부어올랐다.

심마니 정씨가 약초를 사용하여 만들어준 약통에 부어오른 팔을 담그지 않았다면 아마 버틸 수 없었을 것이다.

나는 운동화의 신발 끈을 다시금 단단히 맸다.

가인이와 예인이가 내려올 때 넉넉하게 닉스 운동화를 가져다 달라고 부탁했었다.

덕분에 두 자매는 짐이 많아 힘든 산행을 해야만 했다.

닉스에서 만들어낸 신발들은 튼튼하고 편했다.

하지만 거친 훈련 때문에 신고 있는 신발은 이미 여기저기 찢겨 나간 상태이다.

서울로 돌아가게 되면 보안해야 될 부분들이다.

크로스컨트리에 착용하는 신발처럼 보다 튼튼한 신발 라인을 만들 생각이다.

크로스컨트리는 자연 지형을 이용한 코스에서 행해지는 가혹한 장거리 경주이다.

속도를 내며 나무 사이를 다람쥐처럼 빠르게 달리기 시

작했다.

정말이지, 처음과는 많이 달라진 모습이다.

하나 십여 미터를 달릴 때였다.

핑! 팅!

무언가가 연속으로 끊어지는 소리가 들려왔다.

불길했다.

아니나 다를까, 앞쪽에서 보기에도 단단하게 보이는 나무토막이 머리를 향해 날아왔다.

"이런!"

이전처럼 머리를 뒤로 젖힐 수가 없어 그냥 주저앉았다.

머리카락을 스치고 지나가는 나무토막을 보고 일어나는 순간이다.

새—앵!

딱—악!

뒤쪽에서 들려오는 소리를 인식하는 순간,

별이 보였다.

"아이쿠! 머리야!"

묵직한 나무토막이 날아와 뒤통수를 그대로 강타했다.

끈에 묶여 있는 나무는 돌처럼 단단한 박달나무였다.

머리에 바로 차돌만 한 혹이 생겨났다.

이전에는 볼 수 없던 이중으로 만들어진 함정이었다.

정말 1, 2분 동안 일어나지 못한 채 머리만 매만졌다.

이 모든 게 도운의 공격이었다면 오늘도 죽음을 면치 못했다.

정말 뒤에도 눈이 달려 모든 공격을 막아내든지 피해야만 했다.

몸만 회복되면 바로 서울로 올라가려고 했지만 지금은 그 마음이 사라진 지 오래이다. 어느 정도 몸을 간수할 정도가 되지 않으면 올라가지 않을 것이다.

회사들이 걱정되었지만 모두들 잘해주겠지 하는 마음으로 내려놓았다.

다행인 것은 학교는 2주간 종강이었다.

국내 정치 문제와 학내 문제로 인하여 학생회에서 총궐기를 하고 있었다.

80년대처럼 심하지는 않았지만 여전히 최루탄 가스가 정문을 휩싸고 있었다.

더구나 서울대 정문에서 얼마 떨어지지 않은 강의실에 날아드는 최루탄 가스로 강의를 진행하기가 힘들었다.

동기들에게는 좋지 않은 일이었지만 나에게는 행운으로 다가왔다.

오랜 시간 동안 학교를 나가지 않으면 문제가 될 수 있었다.

*　　　*　　　*

매일매일 뛰고, 피하고, 땅바닥에 구르는 것이 일이었다.

온몸이 땀에 젖었고, 입고 있은 옷은 구멍이 숭숭 뚫리기 일쑤였다.

"후우! 오늘은 그나마 걸어갈 힘은 남아 있구나."

매번 숲을 번갈아 달리면서 오갔다.

해가 떨어지는 저녁나절이 되면 걸을 힘조차 남아 있지 않았다.

한동안은 풀숲에 누워서 꼼짝도 하지 못한 채 10~20분을 쉬어야만 움직일 수 있었다.

한데 오늘은 그 시간이 더 빨라졌고, 풀숲에 드러눕지도 않았다.

오늘따라 달빛이 유난히 밝았다.

짧은 시간이었지만 몸이 빠르게 적응하는 것만 같았다.

보통 사람이었다면 적어도 4~5개월을 훈련해야만 나올 수 있는 동작들을 이제는 펼칠 수 있었다.

지금은 알 수 없지만 뛰어나게 좋아진 머리처럼 신체도 특화된 것이 분명했다.

주어진 이 모든 상황을 최대한 유리하게 이용하여 흑천

과 싸워나가야 한다.

"시간만 내 편이 되어주면 된다."

꽉 쥐어진 주먹에 이전과 달리 힘이 들어갔다.

흑천의 눈을 피해 힘을 최대한 갖추어야만 했다.

Chapter 8

2주 후, 가인이가 급하게 내려왔다.

닉스와 블루오션의 관계자에게서 온 편지를 가지고 왔다.

닉스와 블루오션에 중대한 상황이 일어났기 때문이다.

나는 급하게 가인이와 함께 서울로 향하는 기차에 몸을 실었다.

서울역에 도착하자마자 닉스가 있는 홍대로 향했다.

서울로 출발하기 전 전화를 한 덕분에 닉스의 관계자들이 기다리고 있었다.

왠지 회사의 분위기가 예전 같지 않았다.

“대표님, 괜찮으신 거죠?”

정수진 실장이 나를 반겨주며 걱정스런 눈빛으로 물었다.

“예, 아무 문제없습니다. 한데 무슨 문제가 일어난 겁니까?”

편지에는 구체적인 이야기가 쓰여 있지 않았다.

단지 서울로 빨리 올라와 달라는 말만 적혀 있었다.

“회의실로 가서 말씀드리겠습니다. 다른 사람들도 회의실에서 기다리고 있습니다.”

정수진 실장의 말에 회의실로 향했다.

회의실에는 인사 파트의 과장이 자리하고 있었다.

그들은 나의 안부를 확인하고는 바로 일어난 일에 대해 보고했다.

“현재 닉스의 입사한 사원 중에 디자인 파트와 판매 파트에서 일하는 직원 중 열세 명이 갑자기 한꺼번에 퇴사를 했습니다.”

인사 파트를 맡고 있는 최 과장의 말이다.

“그게 무슨 말이죠?”

이해가 되지 않아서 다시 물었다.

“그게 대표님이 올라오시기 전 2주간에 걸쳐서 퇴사가

이루어졌습니다. 퇴사자들에게 퇴사 이유를 물으니 대부분 개인 사정으로 퇴사한다고 했습니다."

"그래서요?"

"이상하다 싶어서 그중에 회사에 애착을 가졌던 친구를 설득해서 퇴사 사유를 알게 되었습니다. 나이키를 수입하여 판매하는 한라상사에서 스카우트 제의가 들어왔다고 합니다. 조건은……."

대기업인 한라그룹에 속해 있는 한라상사의 스카우트 조건은 기존에 받고 있는 월급의 25% 인상과 지금보다 지급을 올려준다는 것이었다.

이런 식으로 반격을 가해올 줄은 몰랐다.

대부분 퇴사자들은 중소기업인 닉스보다는 안정적인 대기업의 조건을 수용한 사람들이었다.

또한 입사한 지 얼마 되지 않은 사람들이 대부분이었다.

문제는 닉스의 전체 인원의 3분지 1에 해당하는 인원이 퇴사하자 일손이 부족하게 된 것이다.

"혹시 퇴사자들이 닉스 신발에 대한 디자인과 정보를 가지고 간 것이 있습니까?"

"다음 주에 출시 예정인 닉스에어-Z와 닉스에어-X에 관련된 디자인은 가지고 갈 수 있을 것입니다. 하지만 전반적인 신발 재질과 부자재에 관련된 상황은 부산공장에서 관리하기 때문에 유출되지는 않았을 것입니다."

디자인실을 책임지고 있는 정수진 실장의 말이다.

디자인적인 부분은 신발을 구입하면 충분히 알 수 있는 상황이다.

"다른 정보는 유출된 것이 없습니까?"

기업은 정보가 곧 생명이다.

"예, 직원 출입 카드와 디자인실을 방문했던 직원들을 조사했지만 별다른 상황은 발견되지 않았습니다."

디자인실은 출입 카드를 만든 후부터 외부인은 일절 출입 금지였다.

"알겠습니다. 정수진 실장과 할 이야기가 있으니까 최 과장은 따로 이야기를 나누시죠."

"알겠습니다."

인사 파트의 최 과장이 자리에서 일어나 회의실을 나갔다.

"앞으로 계획되어 있는 신발들의 디자인을 직원들에게 보여줬습니까?"

"신입사원들에게는 오픈하지 않았습니다. 하지만 구체적인 디자인을 마련하려면 적어도 5개월 전에 디자인을 정해야 하기 때문에 팀장급 인물에게는 보여주었습니다."

"팀장급 인물 중에서 퇴사한 사람은요?"

"죄송합니다, 대표님. 부산에서 함께 일하던 김문희 팀장이 퇴사했습니다. 좋은 제의가 들어왔다고 해서 제가 허락했습니다. 하지만 다른 직원들까지 이렇게 연속적으로 퇴사할 줄을 몰랐습니다. 정말 죄송합니다."

정수진 실장은 고개를 숙이며 말했다. 하지만 정수진 실장의 문제가 아니었다.

나 또한 회사 생활을 하던 중 좋은 제의가 왔을 때 회사를 옮긴 적이 있다.

"아닙니다. 정 실장님이 잘못한 것은 없습니다. 우리가 예상치 못한 방법으로 회사에 타격을 입히려고 한 거죠. 직원들의 동요는 없습니까?"

"예, 지금은 동요가 없습니다. 다만 직원들의 갑작스런 퇴사로 업무가 과중된 것이 문제입니다."

"일단 직원 채용 공고를 내는 게 좋겠습니다. 이번에는 정 실장님이 알고 계시는 인물들과 부산 지역 신발 공장에서 퇴사한 인물들 위주로 뽑도록 하지요. 그리고 과중한 업무에 따른 특별 보너스를 지급하도록 하겠습니다."

나는 바로 재무과장에게 전화를 걸어 특별 보너스를 지급하도록 조치했다.

향후 발생할 수 있는 상항을 점검하고는 나는 곧장 구로 명성전자로 향했다.

블루오션은 명성전자 내에 위치해 있었다.

*　　*　　*

블루오션은 닉스와 달리 기분 좋은 소식이 기다리고 있었다.

계획했던 것보다 시제품을 더 빨리 볼 수 있게 된 것이다.

PC 커버인 드림—I를 제작할 때부터 거래하고 있는 형제금형의 박인호 사장의 도움으로 기간을 단축할 수 있었다.

문래동에 위치한 형제금형은 나와 거래한 이후로 매출이 30% 이상 늘었다.

또한 납품하는 제품을 현금으로 결제해 주는 덕분에 이익도 크게 늘어난 상태였다.

회의실 책상에는 사각뿔 모양의 피라미 형태의 전화기가 놓여 있다.

디자인적으로도 지금 시장에서 팔리고 있는 제품에 비하여 훨씬 세련된 제품이다.

게다가 신소재로 외장을 마감하고 눈에 띌 정도로 화려한 색상을 선택했다.

성능은 송화 차단 기능, 단축 다이얼 기능, 퀵 다이얼 기능, 재다이얼 기능 등 생각할 수 있는 모든 기능을 탑재했다.

한마디로 고급 제품 이미를 한껏 풍기는 제품이다.

아직 몇 가지 보완해야 될 부분이 있지만, 눈앞에 보이는 제품을 보자 시장에서 반드시 성공할 수 있다는 자신감이 생겼다.

첫 제품치고는 정말 잘빠진 놈이었다.

머릿속에 생각해 두었던 레드아이(Red Eye)라는 이름을 붙였다.

붉은색의 본체에 검은 버튼이 인상적이었기 때문이다.

레드아이는 명성전자에서 생산될 예정이다.

이미 레드아이를 생산하기 위한 세팅 작업이 마무리된 상태였다.

라디오를 수년간 조립해 온 경험 많은 직원으로 구성된 생산팀은 다른 어떤 외주 업체보다도 뛰어났다.

다들 일 처리가 꼼꼼하고 부지런한 직원들이었다.

레드아이가 나오기 전부터 다른 전화기를 구입하여 조립 및 분해 작업을 여러 번 연습한 상태였다.

더욱이 블루오션의 엔지니어들이 생산 공정을 감독할 예정이라 문제가 될 수 있는 부분도 적었다.

"생산에는 문제가 없겠지만, A/S에 대한 대책은 세워둬야 하지 않겠습니까?"

김동철 과장의 말이다. 그의 말처럼 A/S에 대한 문제를 검토할 시기였다.

문제는 개발에만 집중하여 매달린 까닭에 A/S 요원과 체계까지 갖출 여력이 없었다.

제품이 생산되게 되면 반드시 A/S에 관한 체계가 필요했다.

전화기를 만들어내는 것으로 끝나는 게 아니었다.

"음, 우리는 A/S를 하지 않을 것입니다."

나는 잠시 동안 생각하고는 말을 꺼냈다.

"예? A/S를 안 하시다니요? 그게 무슨 말씀이십니까? 그렇게 되면 소비자들의 반발이 클 텐데……."

김동철 과장은 내 말이 무슨 뜻인지 잘 모르겠다는 표정으로 말했다.

"A/S가 없는 대신에 무조건 교환을 해주는 걸로 하지요."

"그럼 손해가 많이 날 수 있습니다."

제품의 홍보를 맡고 있는 김대희 대리의 말이다.

"유선전화기 하나 제대로 만들지 못해서 불량을 낸다면 다른 제품은 시도도 하지 말아야 합니다. 유선전화기도 제대로 못 만들면서 우리가 뭘 만들 수 있겠습니까?"

확실한 제품을 만들어야 한다고 개발팀에게 못을 박는 소리다.

절대로 불량품이 있을 수 없다는 각오의 다짐이기도 했다.

제품에 한 가지라도 불량이 발생하면 무조건 신품으로 교환한다는 원칙을 세웠다.

처음 출발하는 업체가 할 수 있는 최상의 선택이자 결단이었다.

품질은 곧 블루오션의 생명이었다.

"거기까지는 생각하지 못했습니다. 대표님의 말씀이 맞습니다. 남은 기간 동안 레드아이를 더욱 완벽하게 만들어 놓겠습니다."

말을 하는 김동철 과장의 눈이 반짝반짝 빛이 난다. 그 또한 자존심 강한 엔지니어였다.

"완벽한 제품도 생산이 잘못되면 불량이 되기 십습니다. 생산을 맡고 있는 직원들에게 좀 더 확실하게 조립 방법을 전수해 주세요. 제품의 조립 공정도 개발부에서 반드시 챙겨야 합니다."

아무리 좋은 제품을 개발해도 제대로 만들어내지 못하면 허사였다.

"명심하겠습니다."

내 대신 모든 과정을 책임지고 있는 김동철 과장이다. 그가 없다면 블루오션도 없었다.

회의에 참석한 직원들 모두 이제는 나를 나이 어린 사장으로 바라보지 않았다.

모든 것을 꿰뚫어 보는 사람처럼 말 한 마디마다 핵심을 짚어냈기 때문이다.

닉스와 블루오션에서 연이은 회의를 거치자 피로가 몰려왔다.

블루오션의 직원들과 헤어진 뒤 나는 명성전자의 박철용 상무를 만났다.

그와 향후 일정에 대한 간략한 이야기만 나누고 곧장 집으로 향했다.

오랫동안 집을 찾지 않았다.

Chapter 9

송 관장의 집에서 머물고 있지만 엄마가 계시는 집은 언제나 편안한 고향처럼 느껴졌다.

현관문을 열고 들어가자 엄마는 빨래를 널고 계셨다.

새집으로 이사 오면서 낡은 전자제품들을 모두 최신 제품으로 바꾸었다.

그때 제일 만족해하신 것이 세탁기였다.

기존에 쓰던 낡은 세탁기는 용량이 작아 이불 빨래가 쉽지 않았다.

"아이고, 이놈아! 왜 그렇게 무심하냐! 이제야 집에 오는 거야?"

엄마는 내가 부상을 당했다는 사실을 모르고 있었다.

평소에는 일주일에 한 번씩은 집에 들렀다.

"죄송해요. 해야 할 일이 너무 많아서요. 아버지는요?"

"친구 만나러 나가셨다."

"정미도 없나 봐요?"

"계집애가 요새 뭘 하는지 밖으로 빨빨거리고 돌아다니기만 한다. 밥은 먹었어?"

"아니요. 엄마가 해주는 밥 먹고 싶어서요."

"그래, 어서 들어가자. 마침 장조림하려고 고기 재어놓은 게 있다."

"야아, 때를 잘 맞춰 왔네요."

장조림은 내가 좋아하는 반찬이다.

엄마는 이것저것 많은 것을 새롭게 만들어서 내놓으셨다.

오랜만에 집에 들른 아들에게 맛난 음식을 주려는 정성이다.

돈에 구애받지 않게 되자 반찬이 달라진 것도 큰 변화였다.

"꺼억!"

트림이 절로 나왔다. 단숨에 밥을 두 공기나 비웠다.

더 이상 배에 들어갈 공간이 없을 정도로 음식을 먹었다.

아버지와 내가 좋아하는 조기까지 구워져 밥상에 올라오자 과식을 하고 말았다.

"정말 잘 먹었다."

"더 먹지 그래."

"더 먹으면 배가 터질 것 같아서요."

"그동안 뭘 하고 지냈기에 얼굴이 반쪽이 됐어? 공부도 일도 너무 많이 하면 몸 상해."

"걱정하지 마세요. 적당히 쉬면서 하고 있어요. 그리고 이거 이번 달 생활비예요."

나는 항상 흰 봉투에 넣어서 엄마에게 생활비를 내어놓았다.

"고맙다. 정말이지, 우리 아들 같은 사람이 없어요. 한데, 돈이 더 많은 것 같다?"

"봄이잖아요. 아버지하고 엄마 예쁜 옷도 좀 사 입으시라고요. 정미도 사주시고요."

"그래도 백만 원이나 더 주면 너 쓸 게 없잖아?"

엄마는 미안한 표정으로 말하셨다.

"전 충분해요. 더구나 학생이 뭐 돈 쓸 게 있다고요."

"정말 우리 태수가 효자야."

엄마는 나를 정말 자랑스럽게 생각하셨다.

또한 내가 드린 생활비를 절약해서 내 이름으로 된 적금을 붓고 계셨다.

부모님이 생각하는 것보다도 훨씬 많은 돈을 벌고 그보다 더 많은 돈을 가지고 있다는 것을 말씀드릴 수 없다는 게 죄송스러웠다.

그때였다.

따르릉! 따르릉!

전화벨이 요란하게 울렸다.

"태수야, 네 전화다."

엄마의 목소리에 수화기를 들었다.

"여보세요."

—태수니? 나 수정이야. 혹시 괜찮다면 지금 만날 수 있을까?

김수정이었다.

홍대에 있는 닉스를 방문했을 때 보고는 만나지 않았다.

다시 만났을 때는 반갑고 기뻤지만 왠지 그때뿐이었다.

더구나 대학교를 들어가고 난 후부터는 이전처럼 시간을 낼 수가 없었다.

"어! 거기로 가면 되는 거지? 알았다."

"바로 나가려고?"

전화 통화를 듣고 있던 엄마가 물었다.

"친구가 좀 보자네요?"

"여자 친구냐?"

"아니에요."

"그래. 나는 네 졸업식 때에 온 가인이하고 예인이가 참 예쁘더라."

엄마는 가인이와 예인이가 마음에 드신 것 같았다.

"두 사람은 원래 예뻐요. 저 나가볼게요."

"이따 들어올 거야?"

"예, 아버지께 인사드리러 올게요."

나는 엄마의 물음에 답하고는 현관문을 나섰다.

* * *

김수정과 만나기로 한 홍대로 향했다.

수정이는 전화상으로 누군가가 나를 만나고 싶다고 했다.

그게 누군지 궁금했지만 묻지 않았다.

만나기로 한 장소는 수정이와 저녁 식사를 맛있게 했던 돈가스 가게 옆의 찻집이었다.

나도 차 맛이 좋아서 몇 번 간 적이 있다.

찻집으로 들어가자 수정이와 함께한 인물이 보였다. 나도 알고 있는 사람이었다.

수정이의 선배이자 회사를 그만두고 나간 직원이다.

박희정이라는 친구로 디자인팀에서 근무했다.

수정이에게 닉스 신발을 선물할 때 수정이의 신발 치수를 물어봤던 친구이다.

박희정은 나를 보자마자 고개를 숙이며 인사를 건넸다.

"안녕하세요, 대표님. 정말 죄송합니다."

아마도 수정이를 통해서 나를 만나려고 한 것 같았다.

나는 옆에 앉아 있는 수정이에게 가볍게 고갯짓으로 인사를 건네며 박희정에게 물었다.

그녀를 뽑았을 때에 내가 점수를 후하게 주었었다.

"무슨 일이죠?"

사실 내가 자리를 비운 사이에 회사를 나간 것에 대해 기분이 좋지 않았다.

만약 박희정이 이 자리에 있는 것을 알았다면 나오지 않았을지도 모른다.

김수정을 통해서 나를 만나려고 한 것도 조금은 불쾌한 마음이 들었다.

"정말 할 말이 없습니다. 대표님께서 너무나 잘해주셨는데……."

"그걸 말하려고 나를 만나자고 한 것은 아닌 것 같은데요."

내 목소리는 딱딱하고 사무적인 말투였다.

이전처럼 부드럽고 사냥한 말투가 아니었다.

"예, 회사를 나가고 나서야 닉스가 얼마나 좋은 회사인지를 알게 되었습니다. 바보같이 제가 너무 욕심을 부렸습니다. 김문희 팀장님이 계속해서……."

박희정의 말은 이러했다.

박희정은 김문희 팀장 밑에서 일했다.

나이키를 수입, 판매하는 한라상사에서는 신규 브랜드를 런칭할 예정이라는 카드를 꺼내 들며 닉스의 디자인실 직원들에게 손을 내밀었다.

정수진 실장에게 보고 받은 것처럼 닉스에서 받는 것보다 25% 인상된 급여를 제시했다.

더욱이 현 닉스의 직급보다도 한 단계 높은 직급을 제시한 것은 어떻게 보면 파격적인 스카우트 조건이었다.

알고 보니 김문희 팀장을 새롭게 런칭할 제품의 총책임자로 발탁하고 나머지 직원들은 그녀의 밑에 두기로 한 것이다.

한데 문제는 실질적인 직원 채용 계약을 차일피일 미루고 닉스에서 만들어내는 신발에 대한 정보만을 계속 요구했다고 한다.

출근한 사무실도 전혀 신상품을 만들려고 준비하는 모습이 아니었다는 것이다.

"이상한 생각이 들어서 한라상사에 근무하는 선배에게 물어보았습니다. 한데 선배의 말로는 회사에선 신규 브랜드를 만들 생각이 전혀 없다는 것이었습니다. 더욱이 한라상사는 디자인실을 확장할 생각이 없어서 저희를 채용하지 않을 거라고 하더군요."

박희정의 말이 사실이라면 한라상사는 닉스를 노골적으로 방해하기 위해 직원 빼가기를 시행한 것이다.

더구나 스카우트를 해간 직원들을 악의적으로 이용만 하고 나 몰라라 한 것이다.

"다른 직원들은 어떻게 하고 있죠?"

"김문희 팀장님은 출근도 하지 않고 연락도 되지 않습니다. 다른 직원들도 대부분 출근하지 않고 새로운 직장을 알아보고 있습니다."

매장 직원들은 한라상사에서 운영하는 직영 대리점에 배치했다고 한다.

문제는 약속했던 급여 인상은 없고 오히려 닉스에서 받은 급여보다 적어졌다는 것이다.

한마디로 닉스를 떠난 직원들 모두 한라상사에 모두 속

은 것이다.

"보통 일이 아니군요. 하여간 알려줘서 고마워요."

"닉스에 다시 들어갈 수 없다는 것은 잘 알고 있습니다. 하지만 너무 억울하고 분해서 꼭 말씀드려야겠다고 생각했습니다. 모두 제 잘못이니까요."

박희정은 센스가 있는 친구였다.

색상 배열에 대한 감각이 뛰어나 새롭게 출시될 닉스에어-X와 닉스에어-Z의 신발 외피디자인에 관여했다.

분명 김문희 팀장의 권유가 가장 컸을 것이다.

박희정은 홀어머니 밑에서 자라온 친구였다. 생활이 넉넉한 편이 아니었다.

더구나 한 집안의 가장이기도 하기에 급여적인 부분에 흔들릴 수 있었다.

"희정 씨에게 부탁이 있는데, 닉스를 나간 친구들에게 연락을 취해서 내가 한번 보잔다고 말해줘요."

"모두에게요?"

"네, 모두요. 그러고 나서 연락을 주세요."

"알겠습니다. 다시 한 번 말씀드리지만 정말 죄송합니다."

"아닙니다. 충분히 그럴 수도 있습니다. 누구나 보다 좋은 조건으로 스카우트 제의가 온다면 고민하고 결정하게 되죠. 문제는 악질적인 행동을 보인 한라상사입니다. 저는 여기 이 친구하고 할 이야기가 있으니까 다음에 뵙죠."

김수정을 바라보며 말하자 김희정은 수정이에게 고맙다는 말하고는 자리를 떴다.

수정이는 김희정이 나갔는데도 한참 동안 입을 열지 못했다.

평상시에 보던 내가 아니기 때문이다.

더구나 닉스의 대표라는 말에 더욱 놀랐을 것이다.

"미안. 이야기하려고 했는데."

"아니야. 괜찮아. 하지만 많이 놀라기는 했어."

수정이의 얼굴 표정을 보면 알 수 있다.

고등학생 신분을 속여 가며 만난 때가 엊그저께 같았다.

1년이란 시간이 지나는 사이에 너무나 많은 변화가 일어났다.

"왜 연락하지 않았어?"

"어머니가 받으셨나 봐. 전화를 했는데 네가 다른 곳에서 지낸다고 하더라고."

사실 수정이의 전화를 받은 것은 여동생 정미였다.

수정이를 가인이로 착각한 나머지 전화를 받자마자 가인이의 이름을 말했다.

정미는 가인이나 예인이가 내 여자 친구이기를 바랐다.

"아! 내 정신 좀 봐. 집에서 나온 걸 말하지 않았구나."

"……."

내 말에 수정이는 말이 없었다.

"그때 미처 주지 못했어. 내 명함이야. 그리고 이 번호는 무선호출기 번호고."

나는 수정이에게 닉스의 명함을 건넸다.

명함 아래에 서울에 올라와서 새로 장만한 무선호출기 번호를 적어주었다.

다급한 일이 생길 때를 대비해서였다.

또한 앞으로 블루오션에서 만들어내야 할 품목이기에 사용상의 문제점을 알기 위해서 구입했다.

"후후! 네가 정말 닉스의 대표라는 게 실감이 나지 않는다. 박 선배에게 좋은 회사라고 여러 번 들었거든."

수정이는 명함을 자세히 살피며 말했다.

"나도 실감이 안 날 때가 많아."

"후! 아직도 난 뭘 해야 할지 모르겠어. 내가 좋아하는 것을 선택했는데 말이야. 넌 네가 하고 싶은 일을 하는 것 같아 좋아 보여."

짧은 한숨을 내쉰 수정이는 자신 앞에 놓인 찻잔을 만지작거리며 말했다.

"그냥 어떻게 하다 보니까 여기까지 오게 됐네. 그리고 너나 나나 아직은 많이 배울 때잖아. 조만간 너도 네가 가야 할 길이 보일 거야."

수정이는 아직 더 많이 배우고 경험해야만 했다. 산전수전 공중전까지 겪은 나와는 달랐다.

"그렇기는 하지. 내가 볼 때는 우리 오빠보다도 훨씬 나은데. 학교 다닐 때부터 회사 만든다고 맨날 바쁘기만 했지."

김수정의 오빠는 리니지를 만든 NC소프트의 김택준이다.

아직은 회사를 창업하지 않고 있지만 우리나라 게임사에 신기원을 만들어낸 인물이다.

김수정이의 말처럼 김택준은 학교 다닐 때부터 동기들과 함께 벤처 회사를 만들었다.

하지만 나처럼 수익을 내고 유명해진 회사는 없었다.

"앞으로는 그렇지 않을 거야. 오빠도 유명해질 거야."

"정말 그랬으면 좋겠다. 학교생활은 어때?"

"어, 좋아."

이상하게 예전 같지 않았다.

수정이와 함께 있을 때는 항상 즐겁고 재미있었다.

하지만 지금은 처음 본 사람처럼 어색한 기분마저 들었다.

내 대답 이후로는 다시금 침묵에 빠졌다.

왜 이런 기분이 드는지는 나도 잘 몰랐다.

결국 몇 마디 말을 더 나누고는 카페를 나오고 말았다.

다시 연락하겠다는 상투적인 말을 끝으로 수정이와 헤어졌다.

'내가 변한 걸까, 아니면 수정이가…….'

머릿속에 떠오른 답을 찾지 못한 채 발걸음을 돌렸다.

*　　*　　*

집에 들러 아버지께 인사를 건네고는 곧장 송 관장의 집으로 향했다.

필요한 물건을 챙긴 후 다시금 심마니 정씨가 머무는 곳으로 내려갈 생각이다.

그리고 2주 후에 출시되는 닉스에어-Z와 닉스에어-X에 관련된 일로 다시 상경할 계획이다.

송 관장의 집도 거의 한 달 만이다.

"다들 어디 갔나?"

분명 전화로 가인이와 예인이가 있다는 것을 확인했다.

한데 집은 전등 하나 켜져 있지 않았다.

이상하게 문도 잠겨 있지 않았다.

문을 열고 들어서는 순간이다.

팡! 팡!

“태수 오빠의 무사 귀한을 환영합니다!”

폭주 소리와 함께 예인이의 목소리가 들려왔다.

가인이의 두 손에는 촛불이 환하게 켜져 있는 케이크가 들려 있다.

“뭐해, 어서 꺼야지?”

가인이의 말에 왠지 가슴이 찡했다.

엄마를 만나고 느낀 감정처럼 가인이와 예인이에게서도 따스함이 묻어나왔다.

“어, 그래야지.”

후우!

단숨에 촛불을 껐다.

그리고 형광등이 켜지자 거실에는 언제 준비했는지 풍선과 플래카드까지 걸려 있다.

[앞으로 걱정 끼치면 죽어!]

누가 썼는지 빤히 보였지만 기분이 좋았다.

“정말 고맙다.”

“뭘. 당연히 환영식을 해야지. 식사 안 했지?”

예인이가 물었다. 분명 나를 위해서 거하게 상을 차려놨을 것이다.

"당연히 안 했지."

밥을 먹었어도 지금 같아서는 뭐든 다 먹을 수 있을 것 같은 기분이다.

"잘됐다. 점심때부터 준비를 얼마나 많이 했다고. 아빠보다 신경을 더 쓰게 된단 말이야."

예인이의 투덜거림이 듣기 좋았다.

"이 오빠가 매력적이라서 그래."

"우엣! 어디가 그렇게요? 하여간 빨리 씻고 주방으로 와."

내 말에 얼굴을 찡그리며 말하는 예인이의 모습이 무척이나 귀여웠다.

"그래야지."

"일은 다 처리한 거야?"

화장실로 향하는 나를 향해 가인이가 물었다.

"어느 정도는. 앞으로 더 숨 가쁘게 생활해야 될 것 같아."

"너무 무리하지 마."

가인이의 말은 진심이 담겨 있었다.

"무리하지 않을 거야. 또한 이 사람은 절대로 아프지도 않을 것입니다."

나는 손을 선서하듯이 들면서 말했다.

"풋! 그래야지. 아프거나 다치면 내가 가만두지 않을 거야."

내 모습이 우스웠는지 가인이가 웃음을 터트렸다.

"알겠습니다. 그럼 저는 씻고 오겠습니다."

화장실로 들어와 거울에 비친 내 모습을 보았다.

행복한 얼굴이다.

이런 행복을 절대로 놓치고 싶지 않았다. 아니, 놓칠 수가 없었다.

어떤 일이 있어도.

*　　　*　　　*

배가 터지도록 가인이와 예인이가 만들어준 음식을 먹었다.

육류뿐만 아니라 해산물로 한껏 맛을 낸 요리들이었다.

예인이의 요리 솜씨가 더욱 늘어난 것이 확연히 보였다.

가인이도 함께 만들었다고는 하지만 주도적으로 진두지휘한 사람은 예인이다.

예인이는 요리에 취미를 두고 있었다.

음식에 들어가는 양념 하나에도 신경을 썼다.

마지막으로 건네주는 디저트를 먹고는 마당에 놓인 평상으로 나왔다.

"아휴! 정말 한순간에 돼지가 되어버렸네."

올챙이배처럼 볼록 튀어나온 배가 예전 모습을 떠오르게 했다.

"많이 먹었어?"

가인이가 밖으로 나와 평상에 걸터앉으며 물었다.

"원 없이 먹었다. 혼자서 3~4인분은 먹은 것 같아."

"많이 먹긴 하더라. 다시 내려갈 거야?"

"그래야 될 것 같아. 내일 회사 관계자들을 좀 만난 후에 바로 내려갈 생각이야."

"언제 올라오려고?"

"2주 후에."

"학교는?"

"아직은 괜찮아."

"내가 도와줄 일은 없어?"

"내려와서 빨래하고 밥 좀 해줄래? 심마니 정씨 아저씨가 해주는 밥은 맛이 없어서."

농담 반 진담 반 던진 말이다.

"정말로 원한다면 그렇게 하지."

뜻밖에도 가인이는 거절하지 않았다.

평소에 이런 말을 했다면 불같이 성을 냈을 가인이다.

"하하! 농담이야. 학교 갈 애가 어딜 내려와."

"난 농담한 거 아닌데. 아니면 말고."

말을 하는 가인의 표정은 진지했다.

'허! 성격이 많이 바뀌었네?'

"마음만 받을게. 올해 고 3인데, 학교는 정했어?"

"이미 정했어. 서울대 가려고."

가인이의 실력이라면 충분이 가능했다.

"잘 생각했어. 너라면 문제없잖아? 과는?"

"아직 생각 중이야. 예인이도 서울대를 생각하는 것 같아."

"와! 내년이면 함께 학교 다니겠는데?"

"일단 시험을 봐야 알겠지."

"왜 그래? 너나 예인이 실력이면 충분하고도 남지."

"원숭이도 나무에서 떨어지는 수가 있다고."

"하여간 남은 시간 많으니까 열심히 해라. 필요한 것 있으면 이야기하고."

가인이와 예인이가 학교에 들어오면 난리도 아닐 것이다.

가장 먼저 이동수가 소개시켜 달라고 난리를 칠 것이 분명했다.

학비를 모으기 위해 자금적인 여유가 없어서 그렇지 여자를 싫어하는 것은 아니었다.

이동수는 기회가 되는 대로 여자 친구를 만들고 싶어 했다.

"말하면 다 들어줄 거야?"

"그럼! 누구 부탁인데."

"만약 내가 서울대에 입학하게 되면 내 남자 친구가 되어줄 수 있어?"

너무나 뜻밖의 말이다.

가인의 말에 바로 답을 하지 못했다.

"그게……."

피식!

가인이 옅은 웃음을 지으며 말했다.

"바로 말 안 해도 돼. 나도 오랫동안 생각하고 결정한 거니까. 하지만 쉽게 결정해서 말한 건 아니라는 것만 알았죠."

"그래. 네 말이 너무 뜻밖이라서……. 다시 서울에 올라올 때 답해줄게."

"알았어. 내가 원하는 답을 얻지 못해도 달라지는 것은 없어. 그것만은 알아둬."

가인이는 아무렇지 않은 듯 말했지만 두 손이 가늘게 떨리는 것을 보았다.

"당연히 그래야지."

"그럼 나 먼저 들어갈게."

가인이는 집 안으로 들어갔다.

가인이의 말에 선뜻 대답을 할 수 없었던 이유는 가인이가 싫어서가 아니다.

많이 달라졌다고는 하지만 아직도 익숙지 않은 나이 때문이다.

젊어진 몸에 중년 아저씨의 생각을 가지고 있다는 것이 부담되었다.

그걸 잊으려고 노력했지만 회사를 세우고 생활하다 보니 그 나이에 걸맞은 말과 생각이 자연스럽게 묻어나왔다.

하지만 학교생활과 친구들, 그리고 가인이와 예인이를 상대할 때는 다시 그 또래의 생각으로 돌아와야만 했다.

어찌 보면 이중적인 생활일 수 있었다.

하루하루 다르게 성숙해지는 가인이에게 호감이 가는 것도 사실이다.

생명의 은인이기도 한 가인이기에 더욱 가까이 느껴졌다.

"후우! 정말 도둑놈은 따로 있었구나."

이런저런 생각을 하게 되자 절로 한숨이 나왔다.

이런 내 모습을 안타까운 눈빛으로 바라보고 있는 사람이 있었다.

Chapter 10

닉스로 출근하여 정수진 실장에게 퇴사한 직원들에 관한 이야기를 해주었다.

“어떻게 그럴 수가!”

“직원들을 동요시켜서 닉스를 흔들어놓으려는 거죠.”

“어떻게 그런 더러운 방법을 대기업에서 할 수 있죠?”

“대기업이라고 꼭 깨끗하지는 않습니다. 오히려 더 구린 구석이 많을 수도 있습니다.”

지금보다 세월이 지난 2013년에도 다양한 수법과 방법으로 자신들의 배를 불리는 기업들이 많았다.

어쩌면 지금은 더욱더 기업 윤리나 문화가 정착되지 않은 시기였다.

정수진 실장도 김문희 팀장과는 연락이 되지 않는다고 했다.

"대표님도 대단하세요. 좋은 곳을 찾아간 직원들을 다시 받아들이려고 하시다니요."

"지금 회사는 중요한 기로에 서 있습니다. 앞으로 나아갈 것인지 아니면 이대로 머물 것인지. 그리고 전부 다는 아닙니다. 진정으로 후회하고 다시 닉스를 위해 열심히 일할 직원들만 선별할 것입니다."

"저 같으면 절대로 그러지 않을 거예요. 그럼 새로 직원들을 뽑으려는 것은 취소되는 건가요?"

"아닙니다. 그대로 진행하세요. 한광민 소장님을 만나봐야겠지만, 만약 닉스가 수출까지 하게 된다면 일손이 많이 필요하니까요."

닉스가 더욱 성장할 수 있는 발판은 사실 해외로 뻗어 나가는 것이다.

세계적인 메이커들과 당당히 해외에서 겨루어보고 싶은 생각을 늘 갖고 있었다.

"알겠습니다. 저는 대표님만 믿고 있어요."

"하하하! 제가 할 말을 미리 하시네요. 제가 정 실장님을 의지하고 있습니다. 정 실장님이 계시지 않았다면 지금의 닉스는 없을 것입니다."

"너무 띄어주시는 것 아니에요?"

"아니요. 사실 있는 그대로를 말하는 것입니다. 그리고 신발 디자인을 팀별로 나누어서 진행하는 것을 검토해 보시죠."

"팀별로요?"

"직원들을 좀 더 확장하면 가능할 것 같으니까요. 좀 더 다양한 디자인의 신발을 내놓아야만 지금의 경쟁력을 유지할 수 있다고 생각되어서요. 팀별로 신발 디자인을 진행하면 경쟁심도 생기고 직원들의 실력도 확실히 알아볼 수 있는 기회도 될 수 있을 테니까요."

현재까지는 내가 그려준 신발들을 바탕으로 현 실정에 맞게 수정하여 출시하고 있다.

디자인실에서 근무하는 직원들은 신발의 부분적인 디자인에만 참여하고 있는 실정이다.

"그럼 기존에 대표님께서 그려두셨던 디자인은 어떻게 하실 생각이세요?"

"비밀병기로 쓰는 거죠. 닉스 디자인의 틀에서 크게 벗어나지 않는 테두리 안에서 직원들이 디자인한 신발을 출시하고 중간중간 상황을 보면서 준비해 놓은 신발 디자인을 내보는 거죠. 모든 디자인을 다 써버리면 나중에는 쓸 디자인이 없게 될 수도 있으니까요."

"하긴 모든 걸 대표님에게만 의지할 수는 없으니까요."

현재 디자인실 금고에 들어 있는 신발 디자인 스케치는 25장이다.

나는 전문적인 디자이너가 아니다.

내 머릿속에서 기억되어 있는 신발들을 그려낸 것뿐이다.

몇 개 정도는 더 그려낼 수 있지만 그려낸 스케치를 다 사용하고 나면 새로운 신발을 내어놓을 수가 없다.

실력이 뛰어난 디자이너는 이제 막 태동하는 신생 회사인 닉스에 오지 않는다.

먼 미래를 위해서 닉스에 근무하는 디자이너의 역량을 키울 시기였다.

정수진 실장과 앞으로 일정을 협의한 후 나는 곧장 심마니 정씨가 기거하는 곳으로 향했다.

*　*　*

험한 산을 넘어서 심마니 정씨가 머무는 곳에 도착했다.

새삼 느끼는 거지만 일반 사람이 쉽게 올라올 수 없는 곳이었다.

"어! 어디 가셨나?"

인기척이 없었다.

순간 왠지 모를 불안감이 마음 한편에 자리 잡았다.

아니나 다를까, 가까이 다가간 초막집 주변으로 핏자국이 보였다.

"정씨 아저씨!"

방문을 열어보았다.

말린 약재들이 매달려 있던 심마니 정씨의 방은 누군가에 의해 어지럽혀져 있었다.

내가 머물던 방도 이불이 찢겨져 아무렇게나 팽개쳐져 있다.

또한 무언가를 찾은 듯 방 안 천장도 크게 뚫려 있었다.

흑천의 인물들이 이곳을 들이닥친 것이 분명했다.

심마니 정씨가 갈 만한 곳을 찾아보았지만 그 어디에도 그는 보이지 않았다.

"후우! 무사하신 걸까?"

분명 심마니 정씨는 강한 사람이다.

하지만 걱정이 앞섰다.

주변 여기저기에 적지 않은 핏자국이 보였기 때문이다.

어지럽혀진 방 안과 부서진 물건들을 치웠다.

혹시나 심마니 정씨가 돌아오지 않을까 하는 마음에 밤새 기다렸지만 그는 돌아오지 않았다.

그렇다고 바로 서울로 올라갈 생각은 없었다.

"다시 만날 수 있겠지."

아침을 맞이하자 나는 곧장 훈련을 해오던 전나무 숲으로 향했다.

왠지 모를 싸늘한 기운이 느껴졌다.

뒤를 돌아보자 익숙한 얼굴이 나를 바라보고 있다.

"월척을 기대하고 있었는데 쥐새끼가 걸려들었군."

나를 죽음으로 이끌었던 도운이다.

"너는……."

"목숨이 질긴 놈이군."

그의 왼쪽 얼굴에 긴 흉터가 나 있다. 이전에 없던 흉터다.

'이놈이 왜 여기에? 혹시 심마니 정씨를 기다리고 있던 것인가?'

지금은 철저히 혼자이다.

심마니 정씨도, 위기에서 날 구해준 가인이도 없다.

"계집은 함께 오지 않은 것 같던데?"

도운은 기분 나쁜 미소를 보이며 말했다.

그는 내가 초막집에 도착한 순간부터 지켜보고 있었다.

혼자라는 것을 확인할 때까지 몸을 드러내지 않은 것이다.

"네 마음대로 되지는 않을 것이다."

도운이 원하는 대답을 하지 않았다.

"계집만 없으면 넌 이 새끼손가락 하나면 충분하지."

도운은 오른손 새끼손가락을 펼쳐 보이며 말했다.

"네 얼굴이 보기 좋게 되었구나."

분명 가인이의 공격으로 생긴 흉터 같았다.

"크크! 방심했던 내 잘못이지. 너무 걱정하지 마라. 네게 똑같은 상처를 만들어줄 거니까."

'여기서 싸운다면 똑같이 당한다.'

조금이라도 유리한 상황을 만들기 위해서는 전나무 숲으로 들어가야만 했다.

심마니 정씨가 다시금 함정과 덫을 만들어두었다면 기회를 만들 수도 있었다.

또다시 목숨을 걸어야 할 상황이 이렇게나 빨리 올 줄은 몰랐다.

"뭘 그리 두리번거리지? 도와줄 사람이라도 찾고 있나? 크크! 애석하게도 주변에는 널 도와줄 그림자조차도 없구나."

"똑같이 당할 걸 같나?"

두려움이 몰려왔지만 이를 악물고 참아내었다.

도운을 보는 순간부터 나도 모르게 몸이 가늘게 떨렸다.

그로 인해 죽음의 강을 건너갈 뻔했기 때문이다.

“오라! 뭔가 준비한 게 있다? 그럼 마음껏 놀아보아라.”

두 손을 들어 보이며 말하는 도운은 여유가 넘쳐났다.

그도 그럴 것이, 처음 만났을 때 나는 그의 옷자락조차 건드리지 못했다.

긴장해서일까?

이마에서 땀이 흘러내린다.

침착해지려고 애썼지만 쉽지가 않았다.

심장 박동 수도 빨라졌다.

다행인 것은 도운이 바로 공격을 하지 않고 있다는 것이다.

그는 자신을 너무 믿고 있었다.

전나무 숲으로 들어가면 분명 기회를 찾을 수 있다는 생각이 들었다.

나는 천천 뒷걸음치기 시작했다.

웬일인지 도운은 나의 이런 모습을 말없이 지켜보기만 했다.

내가 전나무 숲을 바로 앞에 두자 도운이 움직였다.

그는 바로 몇 발자국을 움직이더니 그대로 날아올랐다.

3m 이상을 공중으로 솟구친 도운은 몸을 회전하면서 나에게 발을 뻗었다.

그대로 당하면 뼈마디도 못 추릴 무서운 공격이다.

순간 몸을 옆으로 굴리며 피했다.

쾅!

우지끈!

도운의 공격을 내 대신 받아낸 어린 전나무가 부러져 나가는 소리가 들렸다.

도운은 전혀 서두르지 않았다.

쥐를 막다른 길목으로 몰아가듯이 천천히 나를 몰아붙였다.

"그래야지. 단 한 번에 당하면 재미가 없지."

비릿한 웃음을 머금은 채 말하는 도운이다.

'역시 지금의 나로서는 승산이 없다.'

"정씨 아저씨!"

앞쪽을 보며 갑작스럽게 소리치자 도운이 뒤를 돌아보았다.

그사이 무조건 전나무 숲속으로 뛰어들었다.

"쥐새끼 같은 놈! 네가 이런다고 살아남을 수 있을 것 같나!"

자신이 속았다는 걸 알게 되자 도운의 인상이 구겨졌다.
그는 바로 나를 쫓아왔다.
나는 좁은 전나무 숲으로 빠르게 내달렸다.
그때였다.
날카로운 파공음이 연속해서 들려왔다.
휘이잉!
위험하다는 신호가 몸에 전달된 것 느낌에 바로 고개를 숙였다.
팍!
파박!
무엇인가 머리카락을 스치며 앞쪽 전나무에 박혔다.
이번에는 동전이 아니었다.
암기로 쓰이는 수리검이었다.
수리검을 피하기 위해 잠깐 멈칫하는 순간 도운이 금세 따라붙었다.
"네가 나를 피할 수…… 이크!"
도운은 말을 끝마칠 수 없었다. 도운의 앞으로 나뭇가지가 매섭게 달려들었다.
심마니 정씨가 만들어놓은 덫이었다.
그사이를 이용해 나는 다시 앞으로 달려나갔다.
거리가 벌어지자 도운은 다시 품속에서 수리검을 빼어

들었다.

하지만 내 모습이 전나무에 가려져 쉽게 던지질 못했다.

그는 전나무 숲을 둘러보더니 바로 땅을 박차고 도약하여 전나무 위에 올라섰다.

그리고는 전나무 가지 사이를 밟으며 빠르게 따라붙었다.

도운의 모습은 마치 나무를 타는 원숭이 같았다.

"뭐야? 저러면 내가 생각한 대로 될 수 없잖아."

도운의 움직임은 예상 밖이었다.

이대로는 방법이 없었다.

그나마 도운을 상대하려면 전나무 숲속에서 해야만 했다.

전나무 숲 중심으로 이동한 나는 그 자리에 멈춰 섰다.

중심 지역은 전나무가 더욱 빽빽하게 자리 잡고 있다.

서로가 마주 보며 설 수 있을 공간이 없을 정도로 움직임이 제약되는 곳이기도 했다.

내가 멈춰 선 것을 확인한 도운이 천천히 나무에서 내려와 거리를 좁혔다.

"머리를 굴린 것이 고작 이것이냐? 하긴 이런 발버둥이라도 쳐야 재미있지."

"발버둥 쳐서라도 살 수 있다면 그렇게 하는 게 정답이다."

살아남을 수 있다면 어떠한 것이라도 해야만 했다.

"크크! 네 말처럼 정답이 될지는 두고 보면 알겠지. 너무 땀 빼게 만들지는 말거라."

말을 마치자마자 도운이 주먹을 뻗었다.

처음 그의 공격을 접했을 때보다 빨랐다.

하나 그때와는 상황이 달랐다.

쿵!

주먹을 피해 옆으로 한 걸음 움직였다.

그의 주먹은 내 얼굴이 아닌 애꿎은 전나무를 때렸다.

그러나 도운은 공격을 멈추지 않았다.

나무들 사이로 날아오는 주먹과 발이 쉴 새가 없었다.

훈련할 때처럼 요리조리 위치를 바꿔가면서 몸을 움직이자 도운의 공격은 원하는 바를 이루지 못했다.

우지끈!

쿵!

전나무 가지가 부러지는 소리와 나무의 울림이 숲에 메아리쳤다.

20여 일 남짓 매일 숲을 왕복하며 해온 훈련이 도운의 매서운 공격을 피할 수 있게 만들었다.

"쥐새끼 같은 놈!"

도운은 생각대로 자신의 공격이 먹여들지 않자 짜증 섞

인 말을 뱉어냈다.

그러나 처음 맞붙었을 때처럼 나는 공격은 꿈도 꾸지 못하고 있다.

5분 정도 도운의 매서운 공격을 피하고 나자 온몸이 땀으로 범벅이 되었다.

도운에게 단 한 번의 공격이라도 허용하면 끝이었다. 그만큼 그의 공격은 위력이 대단했다.

온몸의 신경이 어느 때보다 곤두섰다.

"쥐새끼가 머리를 잘 썼다는 것은 인정하지. 하지만 이젠 여기까지만이다."

도운이 말을 마치자마자 그의 양손이 푸르스름한 빛을 띠기 시작했다.

나를 죽음의 문턱까지 다다르게 했던 흑혈사장을 다시금 시전하려는 것이다.

확실히 흑천의 인물들은 일반적인 무술을 익인 무술인이 아니었다.

흑혈사장은 일격필살이다.

또한 도운의 움직임도 이전과 달라졌다.

선부른 공격보다는 나에게 최대한 접근하려고 움직였다.

도운은 전나무 사이사이를 빠르게 이동하며 코앞까지 밀착하려고 했다.

전의 움직임보다도 두 배는 빨라 보인다.

'이런! 너무 빠르잖아.'

전나무 사이사이를 이동하며 도운에게서 멀어지려고 했다.

"크크크! 쉽지 않을 거다."

도운의 말처럼 그에게서 떨어지기가 쉽지 않았다.

사르륵!

바람을 가르는 소리와 함께 무시무시한 기운이 가슴 쪽으로 짓쳐들어왔다.

순간 몸을 최대한 비틀며 전나무 뒤로 피했다.

쿵!

또다시 큰 전나무가 도운의 공격을 받아냈다.

그 순간 도운의 공격을 대신 받은 나무가 심하게 흔들리며 하늘에서 우수수 나뭇잎이 떨어져 내렸다.

공격을 받은 전나무는 눈에 띌 정도로 움푹 파였다.

절로 움츠러들게 만드는 무서운 공격이었다.

그때였다.

나무의 큰 흔들림 때문인지 심마니 정씨가 만들어놓은 덫이 발동했다.

내가 한번 당했던 나무토막이 갑자기 도운의 앞으로 튀어나갔다.

"이런 것은 한 번이면 족하지."

도운은 별것 아니라는 표정으로 자신에게 순간적으로 날아드는 나무토막을 쳐냈다.

그러나 문제는 뒤에서 날아오는 나무토막이었다.

도운 또한 나처럼 뒤쪽에서 빠르게 날아오는 나무토막을 알아채지 못했다.

기회였다.

'이번이 아니면 나는 이곳에서 죽는다.'

도운이 나무토막을 막아내는 순간을 이용하여 뒤차기를 했다.

도운은 예상 밖의 내 움직임에 놀라는 눈치였다.

하나 도운은 반걸음을 뒤쪽으로 물러나며 간단하게 피하는 동작을 취했다.

그때였다.

따악!

뒤통수를 후려치는 강렬한 타격음이 들렸다.

"크윽!"

도운이 순간 휘청거렸다. 나 또한 이전에 머리에 상당한 충격을 받았다.

사실 뒤차기는 페인트나 마찬가지였다. 당연히 도운이 피할 것을 예상했다.

뒤쪽에서 날아오는 나무토막을 인식하지 못하게 하기 위한 공격이었다.

'이때다.'

도운이 자세를 바로잡기 전에 승부를 걸어야 했다.

뒤차기를 한 발이 땅에 닿자마자 팽이처럼 회전하며 검은 모자 차태석에게 배운 팔꿈치 공격을 펼쳤다.

체중이 제대로 실린 공격은 전광석화처럼 도운의 정수리로 향했다.

'제발!'

간절한 마음이 담긴 공격이다.

퍽!

팔꿈치에 느낌이 강하게 왔다.

공격은 성공이었다.

체중이 실린 공격을 막으려 도운이 손을 올렸지만 역부족이었다.

도운의 손 때문에 팔꿈치는 정수리를 바로 가격하지 못했다.

그러나 도운의 몸이 밀리면서 옆에 있던 전나무에 그의 머리가 강하게 충돌했다.

쿵!

나무가 흔들릴 정도로 큰 소리가 났다.

큰 충격을 받았는지 도운은 그대로 바닥에 쓰러지며 정신을 잃었다.

털썩!

긴장감이 풀리자 다리에 힘이 들어가지 않았다.

목숨을 건 도박이었다.

만약 도운이 이 공격을 피했다면 바닥에 쓰러진 것은 도운이 아니라 내 몸뚱이였다.

"헉헉! 성공했구나."

천운이었다.

도운의 공격으로 설치해 놓은 함정이 발동하지 않았다면 쓰러져야 할 사람은 분명 나였다.

잠시 동안 숨을 고른 후 도운의 상태를 살폈다.

맥이 뛰는 것으로 보아 죽지는 않은 것 같았다.

깨어나기 전에 그를 제압해 놓아야만 했다.

근처에서 칡넝쿨을 구해와 도운의 팔다리는 물론 온몸을 꽁꽁 묶어놓았다.

* * *

도운은 저녁이 되어도 깨어나지 않았다.

그도 그럴 것이, 이중으로 머리에 충격이 가해진 상태이다.

아마도 깨어나도 한동안은 몸을 제대로 굴리지 못할 것이다.

힘들게 도운을 끌고서 초막집으로 왔다.

혹시나 하는 마음에 잠시 동안 주변을 지켜보았지만 다행히 다른 흑천의 인물은 보이지 않았다.

도운을 어떻게 처리해야 될까 고심해지만 뚜렷하게 생각나는 것이 없다.

생각 같아서는 이대로 묶어두고 떠나고 싶었다.

이대로 이곳에 머물 수도 없다.

분명 도운처럼 이곳을 감시하는 흑천의 인물이 다시 올 수도 있었다.

"끈질긴 놈들이구나."

여러 생각이 떠올랐다.

이곳으로 내려오기 전에 행복찾기의 김인구 소장을 만났다.

한라그룹과 흑천에 대해서 조사를 부탁하기 위해서였다.

김인구에게 흑천에 대한 대략적인 이야기를 풀어놓았다.

처음 이야기를 들은 김인구는 마치 소설 속에나 나오는 이야기로 치부했다.

믿지 않으려는 그에게 도운의 흑혈사장에 적중되었던 왼쪽 가슴을 보여주었다.

검게 그을린 것 같은 왼쪽 가슴은 아직도 선명하게 손자국이 찍혀 있었다.

또한 부산에서 일어났던 백경파의 일도 이야기해 주었다.

그동안 김인구가 조사하고 있던 신세계파와 부산에서 큰 힘을 발휘하고 있는 백경파가 긴밀한 관계란 걸 알게 되었다.

백경파는 일본 야쿠자 자금을 비밀리에 들여오다가 횟집에서 해당화에게 강탈당했다. 그 자금은 고스란히 내 수중에 있다.

신세계파와 부산의 백경파는 초기에는 군소 조직에 불과했다.

한데 어느 순간부터 서울의 강남과 부산을 장악하는 조직으로 순식간에 급부상했다.

그 시기와 기간이 상식적으로 너무나 빨랐기에 경찰에서도 의심의 눈초리를 보냈다.

그런데 이상하게도 어느 날부터 두 조직에 대한 조사와 감시가 사라졌다.

나의 이야기와 김인구가 조사한 사실을 조합하자 하나의 그림이 그려진다는 사실을 알았다.

아직은 구체적이지는 않지만 분명 거대한 움직임이었다.

더구나 심마니 정씨와 해당화에게 전해 들은 이야기에는 흑천을 지원하고 또한 그들에게 지원을 받는 재계의 그룹이 있다고 했다.

흑천은 대한민국의 모든 방면에 힘을 뻗치는 세력이 되어있었다.

"후우! 무리는 하지 말라고 했는데, 잘하겠지."

흑천의 집요함을 직접 경험하고 나자 조사를 부탁한 김인구 소장이 걱정되었다.

신세계파의 조사 때보다 훨씬 위험할 수 있다는 말했다.

그는 나의 말에 호탕한 웃음으로 답했다.

김인구는 산전수전 다 겪은 베테랑 경찰 출신이지만 흑천은 물불을 가리지 않는 집단이었다.

그때였다.

"으으음!"

도운의 신음성이 들려왔다.

나는 그의 곁으로 다가갔다.

도운은 온몸이 꽁꽁 묶여 있는 상황에 어리둥절한 표정이다.

"정신이 들었나?"

"크크크! 이 도운이 쥐새끼에게 당한 건가?"

도운은 내 말에 어이없다는 웃음을 뱉었다.

"쥐새끼도 궁지에 몰리면 맹렬하게 저항하지."

"왜 나를 살려두었지?"

그는 의외라는 표정으로 물었다.

"난 살인자가 아니거든."

"어리석은 놈, 난 너를 살려두지 않을 것이다."

매서운 눈으로 쳐다보며 말하는 도운의 몸에서 살기가 퍼져 나왔다.

"왜 나를 죽이려고 하는 거지?"

"하찮은 쥐새끼로 인해 대업이 어그러질 수도 있으니까. 또한 너는 보지 말아야 될 것을 보았고 가까이하지 말아야 할 사람과 함께했다."

백야의 인물인 심마니 정씨를 말하는 것 같았다.

"단지 그 이유 때문에 무고한 사람을 죽이겠다고?"

"크하하! 그게 쥐새끼의 운명이지."

말이 통하지 않는 인물이었다.

"후우! 네가 나에게 한 것처럼 똑같이 해주고 싶은 마음도 있었다. 한데 그렇게 되면 어리석은 너처럼 살아갈 것 같아서 참았다. 지금 네 말을 듣고 보니 정말 잘했다는 생각이 든다. 넌 참으로 불쌍한 인간이다."

내 말에 도운은 적의를 보내는 눈만 부릅뜨고 있을 뿐 대답을 하지 않았다.

"또 하나 말해줄까? 다음에 나를 또 만나게 되면 오늘처럼 넘어가지 않을 것이다. 그걸 확인하고 싶다면 나를 찾아와라."

나의 마지막은 싸늘했다.

그래서인지 도운의 눈이 순간 놀라며 커졌다.

그 순간만은 나도 알지 못하는 분노의 기운이 도운에게 전달된 것 같았다.

말을 끝마치고는 바로 초막집을 떠났다.

그때 도운의 목소리가 메아리쳤다.

"크하하하! 멀리멀리 도망가야 할 것이다! 너에게는 이젠 다음이란 없으니까! 하하하!"

묶여 있는 도운은 죽지 않을 것이다.

아니, 반드시 내 앞에 다시 나타날 것이라는 느낌이 들었다.

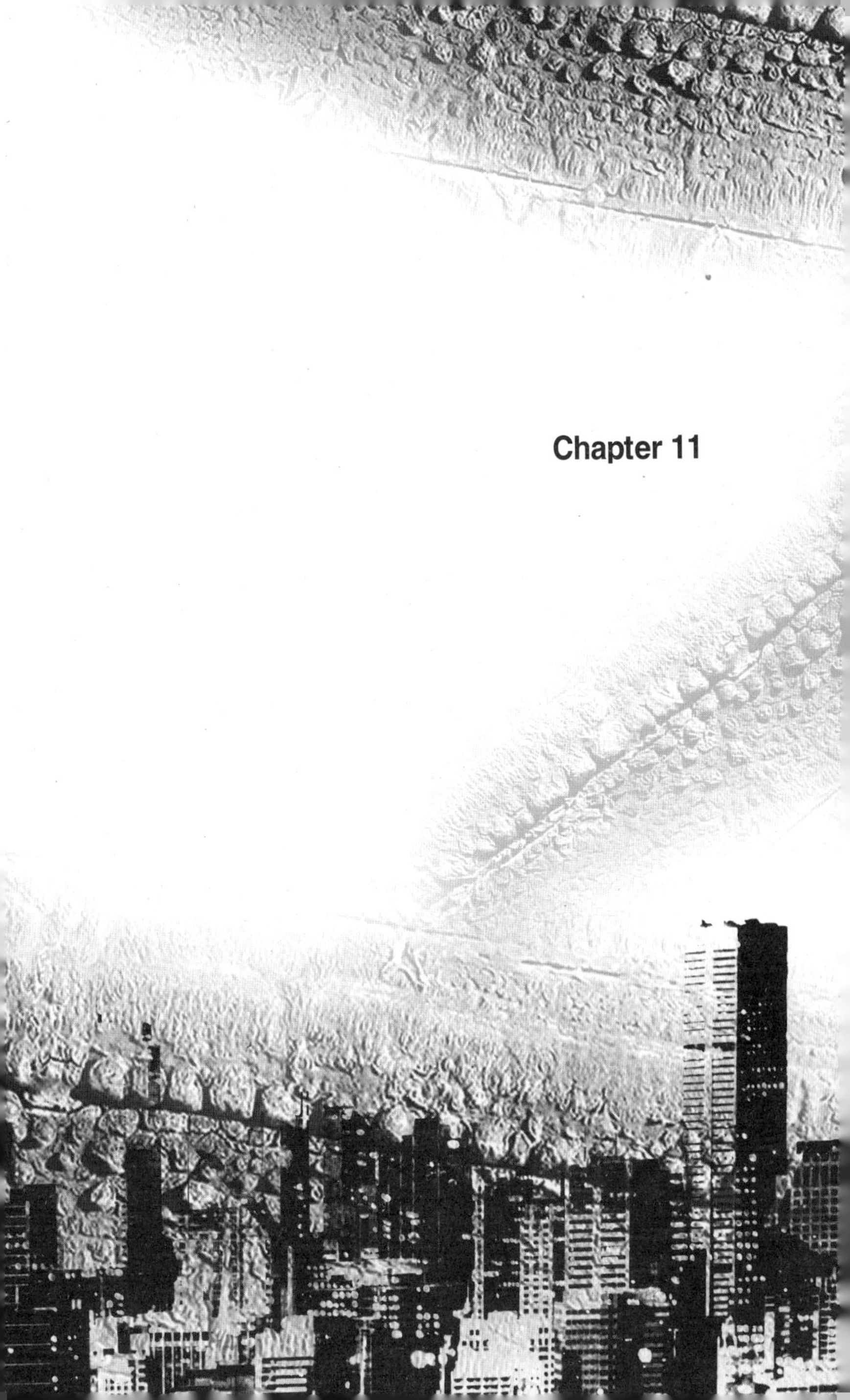

Chapter 11

생각보다 빨리 서울로 올라오자 가인이와 예인이가 무척 좋아했다.

이제는 내가 집에 있는 것과 없는 것이 확연히 달랐다.

짐을 풀자마자 북한산에 올랐다.

등산객의 접근을 막은 지역까지 돌아다니며 훈련할 장소를 찾았다.

세 시간 정도 산을 헤매고 다니자 적당한 장소를 발견할 수 있었다.

서쪽 능선 줄기 벼랑길 아래에 위치한 평평한 지형으로

권투 시합을 할 수 있는 링만 한 크기다.

사방이 숲과 바위로 막혀 있어 외부에서도 보이지 않았다.

일반 등산객이 쉽게 접근할 수 없는 위치였다.

더구나 바위틈에서 샘물까지 솟아나는 좋은 장소였다.

송 관장의 집에서 한 시간 반 정도 소요되는 곳에 위치한 곳이다.

나는 심마니 정씨가 이야기한 실전 감각을 익히기 위해서 격투기 도장을 찾아다닐 예정이다.

옛날 무사들이 했던 도장 깨기와 비슷한 일이다.

물론 지금의 나를 상대할 수 없는 사람들도 있겠지만 숨어 있는 고수를 만날 수도 있었다.

어떤 방법을 써서라도 강해져야만 했다.

나를 위해서도, 나를 믿고 있는 사람들을 위해서도.

*　*　*

닉스를 나간 직원 중 연락이 닿은 인물들을 회사로 불러 면담을 했다.

그중 절반이 다시 회사에 나오게 되었다.

그들 모두가 무척이나 미안해하면서 열심히 일하겠다고

다짐했다.

탈락시킨 절반은 자신이 회사를 나간 것에 대해서 자신의 잘못은 인정하지 않고 남을 탓했다.

대부분 자신의 의사와 상관없는 일이었다며 김문희 팀장에게 화살을 돌렸다.

김문희 팀장은 끝내 연락이 닿지 않았다.

정말 안타까운 일이다.

조금만 더 시간이 지나 회사가 성장하면 김문희 팀장 또한 자신이 바라는 것을 성취할 수 있었을 것이다.

계획했던 대로 신규 인원도 뽑았다.

이번에는 신문에 사원 모집 공고를 내지는 않았다.

정수진 실장이 추천하는 인물들과 한광민 소장을 통한 인원이다.

신발 산업이 위축되고 경기 또한 좋지 않아 문을 닫는 공장들이 늘어서 그런지 경험이 풍부한 사람들이 많았다.

신규로 뽑은 직원들은 주로 실력보다는 인성과 팀워크를 해치지 않는 인물을 우선하여 선발했다.

어수선했던 회사 분위기도 발 빠른 대응으로 원래의 분위기로 돌아왔다.

돌아온 직원들을 통해서 한라상사의 만행을 닉스의 모든 직원이 알게 되었다.

직원들은 또한 자신의 실력과 상관없이 높은 연봉만을 바란 결과가 어떻게 돌아온다는 것도 깨달았다.

결과적으로는 이번 일이 닉스를 더욱 단단하게 결속할 수 있는 계기를 만들어준 것이다.

하나 나는 이런 일을 벌인 한라상사를 결코 좌시할 수가 없었다.

한라상사의 이런 비열한 행위는 비단 닉스에게만이 아니었다.

닉스보다 규모가 큰 회사를 이런 비열한 방법을 통해서 부도를 내게 만들거나, 회사를 어렵게 만든 후 헐값에 인수하여 한라상사의 덩치를 키운 것을 알게 되었다.

한라상사는 하청업체에게 부당한 요구를 많이 하는 회사로 유명했다.

많은 공장이 한라상사와 거래하기를 꺼렸지만 신발 업종의 일거리가 줄어드는 추세라 울며 겨자 먹기 식으로 일을 하고 있었다.

한라상사는 나이키 매장 이외에도 구두와 수출용 운동화를 제작하는 공장을 두고 있었다.

한라상사는 독자적인 모델 개발보다는 OEM에 주력하고 있었다.

인도네시아에도 OEM 공장을 가지고 있었다.

한라상사의 디자이너들은 대부분 신사화와 여성용 구두를 디자인했다.

"모두 몇 켤레라고 했습니까?"

닉스에어-X와 닉스에어-Z의 출시일이 바로 내일이다.

홍대 매장과 강남, 그리고 명동에 들어가야 할 신발을 체크해야 했다.

직원 모두가 바쁘게 움직이고 있었다.

"홍대와 강남에는 2천 켤레가 들어갑니다. 명동은 3천 켤레입니다. 2천 켤레는 이미 입고되었고, 나머지는 내일 올라오기로 되어 있습니다."

내 말에 정수진 실장이 자신의 노트를 보며 말했다.

조짐이 대단했다.

출시일에 맞춰서 신제품 광고도 내보낸 것이 없다.

단지 가인이와 예인이가 신발을 신고 있는 포스터만 제작하여 매장에 배포했다.

닉스 신발을 구입한 기존 고객들의 움직임이 활발했다.

신세계에서 투자를 받은 조건 중 하나가 선주문 판매를 줄여달라는 것이었다.

명동에서 판매하는 닉스 신발의 판매량에 영향을 줄 수 있다는 조치였다.

닉스는 영플라자의 매출에 지대한 영향을 주기 때문이다.

이번에는 5천 켤레만 선주문 판매를 했다.

물론 일찌감치 예약을 마쳤고, 절반은 배달 직원들을 통해 전달했다.

나머지 절반은 매장을 통해서 찾아가도록 조치했다.

닉스에어-X와 닉스에어-Z의 가격은 16만 원과 18만 원이다.

닉스시리즈 중에서도 고가에 속한다.

선주문 판매된 5천 켤레 중에 조깅화인 닉스에어-X는 2천 켤레가 선주문 판매되어 3억 2천만 원의 매출이 일었다.

농구화인 닉스에어-Z는 3천 켤레가 주문되어 5억 4천만 원이다.

선주문을 한 고객 중에는 한참 인기를 끌고 있는 농구선수들도 적지 않았다.

"수량은 넉넉하게 준비되었지요?"

"예, 부산공장 창고와 천안 물류창고에 만 오천 켤레가 준비되어 있습니다. 인수한 공장도 이번 주부터 본격적으로 가동 중에 있으니까 주문 수량도 충분히 맞출 수가 있습니다."

천안 물류창고는 해당화가 건네주고 간 돈 중 5억 원을 투자해서 만든 중간 물류창고다.

신세계의 투자로 구입한 공장도 새롭게 꾸며져 신발 생

산이 시작되었다.

이전처럼 주문량을 소화하지 못할 염려는 줄어들었다.

더욱이 부산공장을 인수하는 과정에서 서울에 부동산이 있다는 사실을 알았다.

신사동에 있는 120평 정도의 부지로 현재는 주차장으로 사용 중이다.

지금은 아니지만 나중에 신사동 가로수 길로 유명하게 되는 곳에 위치해 있다.

신사동 가로수 길은 압구정 도데오거리, 청담동 갤러리 거리처럼 문화와 쇼핑이 어우러지는 거리로 발전하고 활성화되는 거리이다.

신사동 가로수 길의 명칭은 가로수로 심겨진 은행나무를 통해서 얻게 되었다.

이 은행나무는 1980년대 중반 새마을 지도자들이 자발적으로 심은 것이다.

새로운 신규 매장을 내기에 아주 좋은 위치였다.

“OK! 수고하셨습니다. 그럼 저는 배기문 이사를 만나러 가겠습니다.”

신세계의 배기문 부장은 예상대로 이사로 승진했다.

영플라자를 멋지게 성공시킨 덕분이다. 물론 영플라자의 스타는 당연히 닉스였다.

"다녀오세요. 한데 바이오는 언제 만나실 거예요? 만나자는 재촉이 심해요."

닉스 신발을 수입하고자 하는 미국 수입상이다.

피터 싱어라는 유대계 미국인이었다. 유대인은 세계적으로 거래의 귀재였다.

피터는 사실 OEM(주문자 상표 부착품)를 알아보기 위해서 국내에 들어왔다가 닉스 신발을 알게 된 것이다.

"이번에 닉스 에어시리즈의 출시를 제대로 보여주고 나서도 늦지 않아요. 닉스 신발의 가치를 제대로 알려야죠."

처음 피터는 국내에서도 하지 않은 신발 할인을 요구했다.

또한 5천 켤레 단위로 할인율을 늘려달라는 조건을 부가적으로 내놓기도 했다.

피터는 닉스 신발의 뛰어난 디자인과 성능을 보고 판단한 것이지만 닉스가 국내에서 얼마나 인기가 있는지는 제대로 알지 못했다.

세계적인 나이키도 아디다스도 닉스의 인기를 따라오지 못한다는 것을 이번 기회에 확실히 알게 하고 싶었다.

국내 소비자들의 트렌드 감각은 세계적이다.

국내에서 통한다면 분명 미국에서도 통할 것이라는 확신이 나에게는 있었다.

더구나 닉스의 디자인은 세계적으로 히트했던 신발들의 디자인을 더욱 보강한 제품이다.

"후후! 처음부터 우리 대표님의 미움을 받았으니 큰일이네요."

피터를 만나본 정수진 실장이 웃으면서 말했다.

"미워하지는 않습니다. 그렇다고 좋아하지도 않죠. 하여간 새로운 공장도 잘 돌아가니까 닉스도 수출 한번 해봐야죠. 그럼 갑니다."

나는 정수진 실장에게 손을 흔들면서 회사를 나섰다.

닉스 본사 아래에 있는 매장에는 사람들로 북적거렸다.

새로운 신발 출시 날짜와 시간을 알아보려는 사람들이다.

그중에는 이미 닉스에어-X를 신고 있는 사람도 있었다.

이미 선주문으로 신발을 구입했지만 닉스에어-Z까지 구입하려고 했다.

옆에 있는 친구에게 신고 있는 신발을 장점을 침을 튀겨가며 설명하고 있었다.

어느 순간부터 닉스는 마니아층이 형성되어 있었다.

새로운 신발이 나올 때마다 신제품을 구입하는 사람들이 많았다.

또 한편에서는 밤을 새워서라도 구입하겠다는 말이 들려

왔다.

'음, 이 정도면 성공이다.'

각 매장마다 고객을 맞이할 충분한 준비를 갖추었다.

일찌감치 본사 직원들도 매장에 투입할 예정이다.

또한 판매 아르바이트생까지 고용한 상태이다.

*　　*　　*

명동에 위치한 영플라자에 도착하자 직원들이 바쁘게 움직이는 것이 보였다.

나는 곧장 배기문 이사의 방으로 향했다.

부장에서 이사로 승진하고 나서 내가 다치는 바람에 그를 만나지 못했다.

그에게 신세계와 거래하고 있는 한라상사에 대해서도 물어볼 말이 있었다.

배기문은 이사로 승진하자 비서가 딸린 자신의 방을 가지게 되었다.

"어서 오세요. 몸은 괜찮아지셨습니까?"

"염려해 주신 덕분에 이젠 괜찮습니다."

방 안에 내가 보낸 난 화분이 보인다.

배기문은 다른 사람들이 보낸 승진 축하 화분보다 내가

보낸 화분을 가장 눈에 띄는 곳에 두었다.

"하하하! 다행이네요. 강 대표님의 몸은 이젠 대표님만의 것이 아닙니다. 아직 젊으시지만 몸 관리를 하셔야 합니다.

자리가 사람을 만드는 것인지 배기문은 이전과 달라진 모습이다.

좀 더 여유가 있어 보인다.

"예, 그래야지요. 신제품 준비는 잘 진행되고 있습니다. 3천 켤레가 입고될 것입니다."

"하하하! 출시 전부터 반응이 대단합니다. 제 아들놈도 구해달라고 난리가 아닙니다."

배기문의 말처럼 영플라자를 찾는 젊은 세대들은 새롭게 출시하는 닉스에어-X와 닉스에어-Z에 대단한 관심을 보였다.

영플라자 입점 기념으로 닉스 신발을 구입하는 사람들에게 신상품 다섯 켤레를 추첨식으로 먼저 선보이는 행사를 했다.

다섯 켤레에는 1~5번까지 일련번호가 매겨져 있었다.

다른 메이커 신발과 달리 닉스에서 생산하는 신발에는 1번에서 1000번까지는 번호를 매겼다.

번호가 들어간 신발은 마니아들 사이에서 큰 인기를 끌었다.

신상품을 먼저 입수하고 싶은 욕심 때문에 닉스 신발을 구입하는 사람들도 있었다.

신발을 구입하는 사람들에게 추첨표를 주었기 때문이다.

1~5번은 쉽게 구할 수 없었다.

추첨하는 당일 수백 명의 학생과 젊은 친구들이 몰려들어 추점을 지켜보았다.

행운의 주인공들에게 신발이 증정되었다. 그리고 바로 당일 당첨된 닉스에어-X와 닉스에어-Z는 원래 가격에서 네 배로 뛰었다.

"아드님의 치수를 말씀해 주시면 매장에 이야기해 놓겠습니다."

"하하! 그렇게 해주시면 제가 신발값은 지불하겠습니다."

"아닙니다. 제가 선물로 드리겠습니다."

"이거 뇌물은 아니겠지요?"

배기문이 가벼운 농담을 던졌다.

"뇌물은 아닙니다. 배 이사님과 사모님의 치수도 말씀해 주시면 준비해 드리겠습니다."

"저와 제 처까지 챙겨주시겠다고요?"

"신상품이 나오면 40켤레는 홍보용과 선물용으로 따로 빼어놓고 있습니다."

“하하하! 아들놈 때문에 저까지 좋은 신발을 신게 되었습니다. 제가 확실하게 주변에 홍보를 하겠습니다.”

배기문은 거절하지 않았다. 그의 말처럼 배기문은 닉스를 누구보다 아꼈다.

그를 이사로 승진하게 만든 일등공신이 닉스이기 때문이다.

“그래주시면 저야 더욱 좋죠. 그리고 혹시 한라상사에 대해서 좀 알고 계신 것이 있으십니까?”

나는 묻고 싶은 말을 꺼냈다.

한라상사는 신세계와도 거래하고 있었다.

“무슨 일이 있습니까?”

내 질문에 배기문의 표정이 살짝 바뀌었다.

“그게 한라상사에서……. 문제는 수습됐지만 앞으로 이런 일이 또 벌어질 수도 있어서요.”

배기문에게 한라상사가 저지른 일을 간략하게 이야기해 주었다.

“음, 저도 한라상사가 무리수를 둔다는 소리를 듣기는 했습니다. 납품업체들에서도 그리 좋은 이야기가 나오지 않고 있죠. 제가 볼 때는 한라상사를 맡고 있는 박문수 사장이 독단적으로 진행한 것은 아닐 겁니다.”

“그럼 그 윗선에서 지시를 내린 것이란 말씀입니까?”

"글쎄요. 박문수 사장의 성격으로 봐서는 일을 함부로 진행하는 스타일이 아닙니다. 돌다리도 두드려 가면서 사업을 진행시키는 사람입니다. 한마디로 말썽이 일어날 일을 잘 진행하지 않는 인물입니다."

배기문의 말이 무슨 뜻인지 알았다.

"혹시 한라상사에서 저희 닉스를 욕심내는 것이 아닙니까?"

"하하하! 닉스는 저도 욕심이 납니다. 한라상사가 속해 있는 한라그룹이라면 가능성이 없는 이야기는 아닐 것입니다. 한라그룹의 정태술 회장은 경쟁 업체에게 지는 것을 무척이나 싫어하는 유형입니다. 현재 국내 시장 점유율에 있어서는 아직 나이키가 선두에 있지만 닉스로 인해 매출이 이전 같지 않을 것입니다."

배기문의 말처럼 나이키는 아직 지방에서는 큰 인기를 끌고 있었다.

하지만 서울에만 있는 닉스 매장이 지방에도 문을 열게 되면 상황이 달라질 수도 있었다.

"그렇다고 이런 식으로 나온다는 것은 문제가 많다고 봅니다."

단지 말로만 문제를 제기할 수 있는 상황이 마음에 들지 않았다.

"닉스가 성장할수록 더 많은 방해가 일어날 수도 있습니다. 정태술 회장은 지금까지 경쟁 업체들을 그냥 두고 보지 않았습니다. 다양한 방법으로 경쟁 업체들의 힘을 약화시켰지요. 닉스에 써먹은 수법도 그중에 하나였습니다. 닉스의 내실을 탄탄하게 다져놓는 게 앞으로 중요할 것입니다."

삼성에서 올해 독립하려는 신세계는 10대 그룹에 들어가는 한라그룹에는 미치지 못했다.

"난감한 일이네요. 노골적으로 방해하겠다는 것인데."

"이쪽 세계가 겉으로는 선의의 경쟁을 외치지만 양아치 같은 짓도 서슴지 않을 때가 있습니다. 혹시 모르니까 회사의 여유 자금을 늘려놓는 것도 한 방법입니다."

배기문의 말은 틀린 말이 아니었다.

"무슨 말씀인지 알겠습니다. 어떤 식으로 나올지는 모르겠지만 만반의 준비를 해놔야겠네요."

"지금처럼만 닉스가 성장한다면 외부의 방해도 그리 신경 쓰지 않으셔도 될 것입니다. 그리고 여러 가지로 바쁘시겠지만 이제부터라도 골프를 배워두시는 게 많은 도움이 될 것입니다. 비즈니스 세계에서는 골프만 한 것이 없습니다. 더구나 건강에도 좋고요."

배기문 이사의 말을 바꿔 말하면 닉스의 인기가 떨어지면 달라질 수 있다는 말이다.

그의 말처럼 영업적인 측면에서 골프도 생각해 볼 만한 일이다.

하지만 그럴 만한 여유가 지금은 없었다.

지금까지 남들보다 좋은 제품만 만들면 성공할 수 있다고 여긴 내 생각은 반은 맞고 반은 틀린 생각이었다.

비즈니스의 세계는 빈틈이 보이면 서로 잡아먹으려고 하는 냉혹한 세상이었다.

"참고하겠습니다. 그럼 저는 매장을 살펴보러 가보겠습니다."

"참! 다음 주에 시간 한번 내주세요. 소개해 드릴 분이 있습니다."

방을 나가려는 나를 배기문이 불러 세우며 말했다.

"예, 연락 주십시오."

"알겠습니다."

배기문에게 인사를 건네고 매장으로 향했다.

닉스 매장은 분주했다.

배기문의 배려로 닉스 매장 옆으로 따로 판매 부스를 설치할 수 있게 해주었다.

지금도 신발을 사기 위해 많은 사람들이 오고 갔다.

하지만 내일은 지금보다도 열 배 정도의 인원이 몰릴 것으로 예상하고 있다.

새롭게 뽑은 판매사원들이 바쁘게 움직이고 있었다.

한라상사의 일로 영플라자에서는 단 한 사람도 그만둔 판매직원이 없었다.

이번 판매직원을 뽑는 면접은 서류 전형에 합격한 사람들을 영플라자의 이영미 판매팀장과 함께 최종 면접을 보고 선발했다.

그녀는 배려심이 남다른 사람이었다. 누구를 시키기보다는 먼저 솔선수범하는 타입이었다.

명동의 영플라자 매장은 다른 매장보다도 더 많은 사람을 상대해야만 했다.

그랬기에 더 피곤하고 힘든 상황이다. 하지만 그녀는 웃음을 잃지 않고 고객들을 상대했다.

"안녕하세요, 대표님. 언제 오셨어요?"

나를 본 이영미가 반갑게 인사를 건넸다.

"좀 전에 와서 배기문 이사님을 만나고 오는 길입니다. 새로운 직원들은 어떻습니까?"

"다들 성실히 잘하고 있습니다."

직원들을 뽑을 때 화려한 경력보다는 인성과 성실성을 중점적으로 보았다.

최종적으로 선발된 사람들은 나와 이영미 팀장의 생각이 같았다.

"다행이네요. 내일은 반짝 긴장해야 될 겁니다."

"단단히 준비하고 있습니다. 직원들 모두 의욕이 넘치고요."

"영플라자 매장은 이 팀장님이 계셔서 걱정이 없네요. 홍대도 박미정 팀장님이 잘하고 계시는데 문제는 강남 매장이에요."

이번 한라상사의 직원 빼가기에서 강남 매장의 판매팀장과 직원 둘이 빠져나갔다.

강남 매장을 믿고 맡길 수 있는 인물이 아직까지 보이지 않았다.

현재는 한시적으로 본사 관리부 직원이 임시 팀장을 맡고 있다.

"좋은 사람이 곧 나타날 겁니다. 이번에 나온 신발이 너무 좋아 보여요."

"아참! 제가 깜빡했네요. 직원들을 다 모아주세요."

내 말에 이영미는 판매직원들과 아르바이트 직원까지 불러 모았다.

현재 영플라자에는 열 명의 직원이 일하고 있었다.

주변의 다른 매장들에 비하면 세 배가 넘는 인원이다.

"내일부터 힘든 하루가 시작될 것입니다. 그래서 여러분의 힘을 조금이나마 덜어주고 싶어서 불렀습니다. 따끈따

끈한 닉스에어-X와 닉스에어-Z 중에서 원하는 신발 하나를 고르세요."

"와! 정말요?"

"역시 대표님이세요!"

열 명의 직원들이 환호성을 지르며 기뻐했다.

네 명의 아르바이트 직원은 내 말에 멍한 표정으로 서로를 쳐다보고 있다.

혹시나 아르바이트 비에서 빼는 것은 아닌지 생각하는 것이다.

"뭐해, 빨리 고르고 일해야지?"

이영미 팀장의 말에 그제야 진열대에 놓인 닉스에어-X와 닉스에어-Z를 집어 들었다.

다른 매장의 직원들이 이들의 환호성에 닉스 매장을 관심 있게 쳐다보았다.

닉스 매장 직원들이 각자 치수에 맞는 신발을 고르자 그제야 무슨 일이 벌어졌는지를 알게 되었다.

다들 부러운 눈빛을 보내고 있다.

대부분의 매장들은 판매직원들에게 가격을 할인해서 팔기는 하지만 상품을 무상으로 주지는 않았다.

더구나 최신 제품에다 번호가 들어간 닉스 신발은 쉽게 구할 수 없는 것이다.

"여러분이 열심히 해주는 만큼 회사는 반드시 보답을 할 것입니다. 자! 내일 파이팅 합시다!"

내 말에 다들 활기차게 대답했다.

"예!"

"열심히 하겠습니다!"

내일 이들은 전쟁을 치러야 할 것이다.

신세계 측에서도 질서를 유지하기 위해서 진행요원 다섯을 파견해 주기로 했다.

닉스 본사에서도 인원 지원을 요청하면 바로 매장으로 달려갈 직원도 정해놓았다.

* * *

닉스의 세 개 매장이 있는 홍대와 강남, 그리고 명동에는 닉스에어-X와 닉스에어-Z를 구입하려고 밤을 지새운 학생들과 젊은이들로 가득했다.

토요일이지만 학교나 직장을 가야 될 사람들도 많았으나 아랑곳하지 않고 줄을 서고 있었다.

주 5일제 근무는 2004년 7월부터 단계적으로 시행에 들어갔다.

밤을 지새운 사람들의 목적은 번호가 새겨진 천 켤레의

신발이다.

번호가 매겨진 신발은 모든 매장에 똑같은 수량을 나누어 준 상태이다.

부산 매장 개장이 계획된 날짜보다 늦어진 탓에 지방에서 부리나케 올라온 사람들도 많았다.

이러한 모습과 열기를 취재하려는 방송국의 기자도 나와 있었다.

매장의 오픈 시간은 10시였지만 30분 앞당기기로 했다.

대략 백여 명이 넘는 사람들이 밤을 지새웠다.

이른 새벽부터는 수백 명의 사람으로 늘어나 있었다.

나 또한 홍대에 있는 본사로 출근하여 각 매장의 상태를 종합적으로 살폈다.

홍대 매장이 가장 복잡한 상황을 맞이할 것 같았다.

제일 먼저 매장이 만들어진 곳이라 다른 매장보다 규모가 작았다.

매장에 몰려드는 인원들을 분산시키기 위해서 2층 사무실에서도 신발을 판매할 수 있게 준비를 갖추었다.

매번 신제품을 출시할 때마다 길게 줄이 이어졌다. 하지만 이번은 달랐다.

지금까지는 신발을 구입하기 위해 밤을 지새우지는 않았다.

이미 오전 7시가 될 때에는 사백 명이 넘는 인원으로 늘어났다.

만약의 사태를 위해서 경찰까지 출동한 상황이다.

아침 뉴스에 이런 모습이 TV를 통해서 고스란히 시청자들에게 전해졌다.

매장 문을 열자마자 신발을 구입하려는 사람들로 인산인해를 이루었다.

2층 사무실도 혼잡하기는 이루 말할 수 없었다.

본사의 전 직원이 자신이 맡고 있는 일을 모두 내려놓고 신발 판매에 매달렸다.

나 또한 신발을 봉투에 넣는 일을 도왔다.

홍대 매장은 닉스에어-Z와 닉스에어-X를 각각 천 켤레씩 준비했다.

12시가 되기도 전에 천오백 켤레의 신발이 순식간에 나가 버렸다.

밥 먹을 시간뿐만 아니라 화장실 갈 시간조차 없었다.

시간이 지날수록 사람들은 더 몰려들었고 줄어들지를 않았다.

지방에서 올라온 사람들 중에서는 신발을 구입하여 재판매하기 위해서 매장을 찾은 신발가게 주인들도 많았다.

신제품은 한 사람당 최대 다섯 켤레까지 구입할 수 있었다.

이전과 달리 충분히 판매할 신발을 준비해 놓았기 때문이다. 문제는 신발 판매량이 우리의 예상을 훨씬 뛰어넘었다는 것이다.

아침 뉴스에까지 나간 덕분에 사람들이 더 많이 매장으로 몰려들었다.

대부분의 사람들은 닉스에어-X와 닉스에어-Z를 동시에 구입했다.

더구나 이전과 달리 신발을 두 켤레 이상씩 구입하는 사람들이 너무나 많았다.

"창고에는 얼마나 남았습니까?"

이렇게 판매하다가는 창고에 보관 중인 재고량이 순식간에 동날 것만 같았다.

"7백 켤레 정도 남은 것 같습니다."

관리부 대리가 내 말에 급하게 답했다.

"명동은 저녁 5시 전에 모두 판매될 것 같다고 합니다. 5백 켤레 정도 더 보내달라고 하는데요."

명동의 영플라자에는 3천 켤레를 준비했다.

정수진 실장이 수화기를 붙잡고 말했다.

명동뿐만이 아니었다.

강남도 준비한 2천 5백 켤레가 오후면 모두 판매될 것 같다고 전해왔다.

“천안 창고에 연락해서 내일 판매할 수량을 바로 가지고 올라오라고 하세요.”

몰려드는 사람들로 정신이 하나도 없었다.

창고에 보관 중인 신발을 꺼내놓자마자 순식간에 판매되었다.

현장에 취재 나온 언론사에서는 회사 대표인 나에게 인터뷰를 요청해 왔다.

돈을 들이지도 않고서 TV에 회사와 제품을 크게 홍보할 수 상황이다.

그러나 아직은 내 얼굴을 TV 앞에 드러낼 생각은 없었다.

혹시나 흑천의 인물이 나를 TV에서 본다면 자칫 주변에 있는 인물까지 잘못될 수도 있었다.

끈질긴 인터뷰 요청에 내 대신 정수진 실장이 인터뷰에 응했다.

닉스가 만들어낸 새로운 현상에 대해서 다들 궁금한 듯 질문 공세를 펼쳤다.

세 개의 TV 방송사 모두가 세계적인 신발 메이커들을 제치고 국내에서 선풍적인 인기몰이를 하고 있는 토종 브랜드인 닉스를 비중 있게 다루었다.

TV 방송은 시작일 뿐이었다.

잡지와 신문사까지 닉스를 심층 취재하기를 원했다.
그런 관심 덕분인지 하루 사이에 판매한 신발은 두 개의 신제품을 포함해서 만 켤레를 넘어섰다.
그 때문에 직원들 모두가 녹초가 되어버렸다.
놀랍게도 단 하루 동안 판매한 매출액이 16억 5백만 원이 발생했다.
하루 동안에 발생한 이러한 판매량과 매출은 지금껏 국내에서 판매되는 어떤 신발 메이커도 해내지 못한 쾌거였다.
문제는 일요일인 내일이다.
신문과 방송에서 닉스의 신제품이 출신되었다는 소식이 자세히 전해졌다.
신발을 구입하려는 사람들이 매장으로 더 몰려들 것이 분명했다.
하루 종일 방송이 나간 후 걸려오는 문의 전화로 업무가 마비될 정도였다.
결국 모든 수화기의 전화 코드를 빼놓은 후에야 판매에 집중할 수가 있었다.
닉스에어-X와 닉스에어-Z 두 신발을 만 오천 켤레 정도 준비했다.
이미 하루 동안 신제품만 8천 7백 켤레가 팔려 나갔다.

나머지 6천 켤레로는 충분치가 않았다.

부산 공장에서 마무리 단계에 있는 신제품이 천 켤레 정도이다.

일주일 동안 생산할 수 있는 수량은 최대 2천 켤레였다.

문제는 부자재인 에어 밑창을 빨리 만들 수가 없었다.

충분하게 준비했다고 여겼지만 이번에도 예상이 여지없이 빗나갔다.

닉스의 인기가 너무 빠르게 치솟고 있었다.

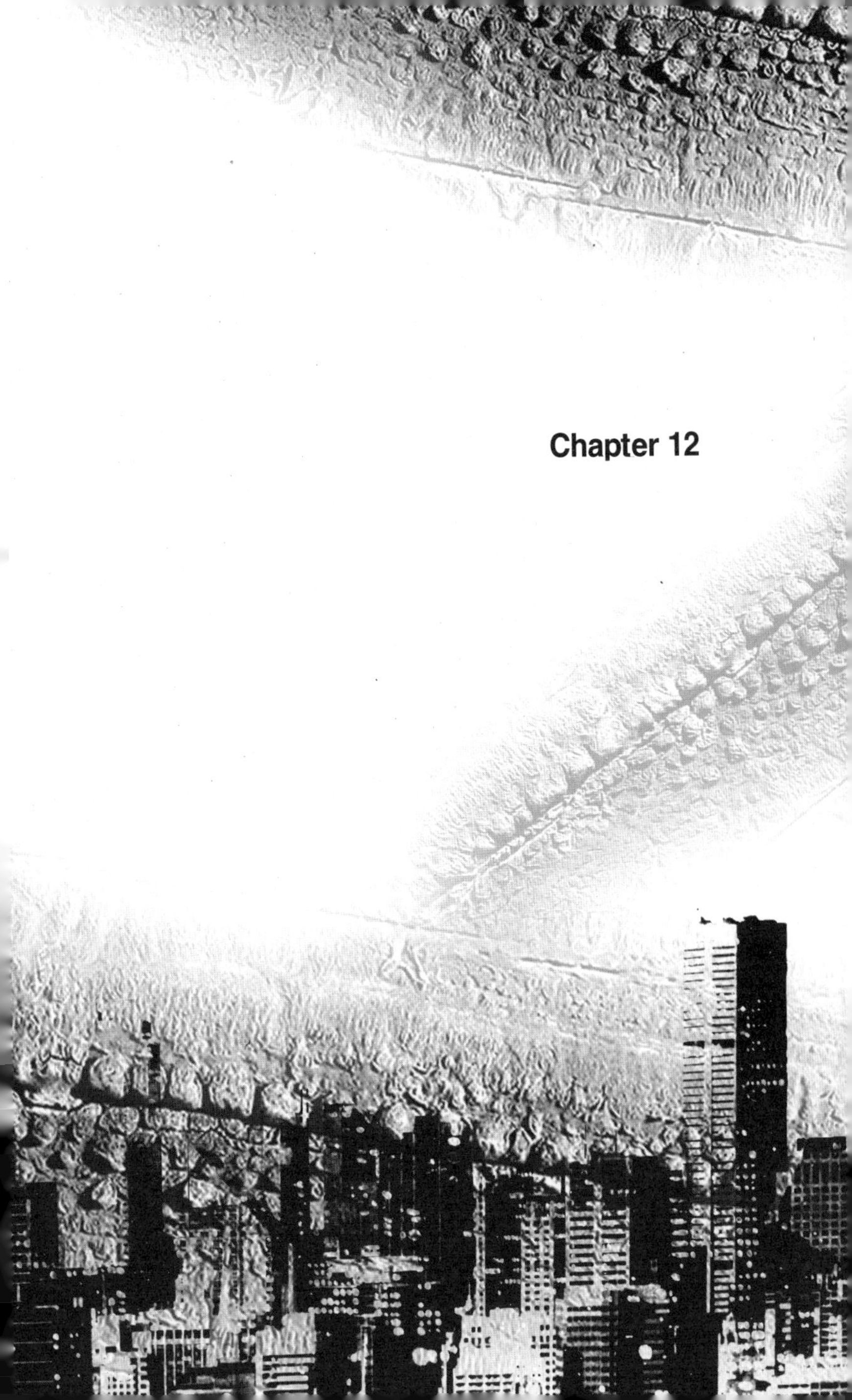

Chapter 12

일요일에도 직원들은 쉴 수가 없었다.

신발을 구입하려고 몰려드는 사람들은 끝이 없었다.

PC 통신상에서 닉스의 재고가 없다는 소문이 돌았다. 그 때문인지 더욱 사람들이 몰려들었다.

신제품 덕분에 재고로 가지고 있던 닉스 신발 모두가 판매되는 기염을 토했다.

미국의 수입상인 피터 싱어는 본사가 있는 홍대로 급하게 찾아왔다.

그는 TV에서 보도된 닉스의 상황을 보았다.

그리고 피터는 두 눈으로 직접 닉스의 인기가 얼마나 대단한지 직접 실감했다.

"하하하! 정말 대단하네요. 저도 신발을 구입하려고 했지만 줄이 너무 길어서 포기했습니다."

피터는 만면에 웃음을 머금고 말했다. 그는 한마디로 심봤다는 표정이다.

닉스를 수입하겠다는 수입상이 아직 자신밖에 없다는 것을 알고 있기 때문이다.

"피터 씨께서 제시하신 조건은 저희가 수용할 수 없습니다. 보시다시피 국내에 공급하는 수량도 부족한 상태입니다."

"하하! 잘 알고 있습니다. 이전에는 제가 닉스에 대한 정보가 부족했던 것 같습니다. 저에게 도매가격으로 공급해 주시면 됩니다."

피터는 만면에 웃음을 머금고 이야기했다.

"글쎄요. 아직까지는 수출을 생각하고 있지 않습니다. 저희가 제작하는 수량이 그리 많지 않습니다. 그리고 저희는 모두 직영판매장을 통해 신발을 판매하고 있어서 도매가격으로 공급하는 곳이 없습니다."

내 말에 피터는 얼굴이 살짝 굳어졌다.

그가 부산에 내려가 신발 공장들을 방문했을 때와는 전

혀 딴판이다.

어려운 환경에 처한 공장들은 조금 손해를 보더라도 공장을 돌리려고 했다.

수출 물량을 따놓으면 한국수출입은행에서 지원을 받을 수 있었다.

발등에 떨어진 급한 불을 끄기에 급급했다.

이러한 사정을 알고 있는 피터는 말도 안 되는 가격을 공장들에게 제시했다.

그 이야기를 한광민 소장을 통해서 전해 들었다.

"제가 알기로는 이번에 공장을 확장하신 걸로 알고 있는데, 생산량을 늘리시면 되지 않습니까?"

"공장을 확장한 것은 맞습니다. 하지만 부산에 직영매장이 또 하나 생길 예정입니다. 더욱이 늘어난 생산량만큼 판매량도 늘어났기 때문에 여유가 없습니다. 어제 하루 동안 판매량이 만 켤레가 넘었습니다. 단 세 군데의 매장에서 말입니다."

내 말에 피터의 입이 쩍 벌어졌다.

그는 신발 판매량을 정확히 모르고 있었다.

세 군데 매장의 판매량이 만 켤레가 넘어섰다면 매장이 늘어날수록 판매량은 기하급수적으로 늘어날 것이 분명했다.

"하하하! 대단합니다. 그렇게 말씀하시니까 이거 더욱 구미가 당기네요. 판매 가격에서 저에게 25% 정도의 이익을 남길 수 있게만 해주십시오."

상당히 좋은 조건이다. 보통 메이커 신발들이 평균 20%의 할인 판매를 정기적으로 했다.

피터는 도매가격이 아닌 판매 가격에서 25% 할인된 가격으로 달라는 것이다.

실제로 생산 단가에 비추어서 닉스의 판매이익률은 100% 이상이다.

25% 정도는 충분히 감당할 수 있는 가격이었다.

더구나 신발 생산량이 늘어날수록 생산 단가는 줄어들어 이익률을 높일 수 있었다.

"얼마나 구입할 생각이신가요?"

피터는 아직 구체적인 구입량을 제시하지 않았다.

"우선 십만 켤레를 구입하고 싶습니다."

닉스의 신발 가격을 평균 10만 원으로 잡아도 백억이라는 매출이 발행하는 금액이다.

"음, 생각했던 것보다 많군요. 하지만 앞에서 말씀드린 것처럼 그 수량을 공급해 드리기가 어렵습니다. 또한 앞으로 판매량을 예측했을 때 10만 켤레는 저희 한 달 판매량에도 미치지 못합니다."

나는 피터의 말에 별것 아니라는 투로 말했다.

아직까지 닉스의 신발 판매량은 월 10만 켤레가 되지 않았다.

현재까지는 신제품의 특수를 누리고 있는 것이다.

"수량이 부족하다면 점차 늘려나갈 것입니다. 첫 거래에 10만 켤레지만 미국 내 판매량을 보고 나서 20만 켤레를 추가적으로 주문하겠습니다."

"안정적인 판매처는 지금도 충분합니다. 아직까지 지방에는 저희 신발이 들어가지 못하고 있습니다."

내가 소극적인 모습을 보이자 피터는 애가 탔다.

조금 있으면 닉스는 다른 수입상의 입에도 오르내릴 것이 분명했다.

닉스의 신발은 충분히 미국 시장에서도 통할 수 있는 디자인과 품질이다.

오히려 미국에서 더욱 먹힐 수 있는 디자인이다.

"하하하! 좋습니다. 그럼 20%만 보장해 주시지요."

"15%라면 생각해 보겠습니다."

나는 한술 더 떴다.

"15%면 너무 박한 금액입니다. 더구나 닉스가 미국에는 전혀 알려지지 않은 브랜드라 광고비가 적지 않게 들어갈 것입니다."

잘못하면 판매가 되지 않는 10만 켤레의 신발을 고스란히 피터가 떠안을 수도 있었다.

“알겠습니다. 그러면 18%에 결정하시지요. 20만 켤레를 주문할 때 20%로 올려드리겠습니다.”

내 말에 피터는 잠시 고민하는 표정이다.

“좋습니다. 강 대표님을 당할 수가 없네요.”

피터는 빠르게 결정했다. 그는 이미 닉스 신발을 구입하여 충분히 검토한 상태였다.

“세부적인 상황은 직원을 통하여 전달하겠습니다.”

“알겠습니다. 닉스 신발은 미국에서도 충분히 넘버원이 될 수 있습니다.”

피터의 자신감은 오랜 경험에서 나온 것이었다.

특히 그는 신발과 의류에 경험이 풍부했다. 더구나 그는 뉴욕과 LA에 큰 판매장을 가지고 있었다.

미국에 닉스를 직접 진출시킬까도 생각한 적이 있지만 그건 위험 요소가 너무 컸다.

10만 켤레가 미국에서 소진되면 그 후에는 20만 켤레가 아닐 것이다.

그 파급력은 대한민국보다 더 대단할 것이 분명했다.

미국으로의 수출은 신세계에서 빌린 투자 자금을 더 빨리 갚을 수 있는 여건을 만들 수 있었다.

신세계의 배기문 이사의 말처럼 충분한 자금을 갖추고 있어야만 다른 기업들의 방해에 대비할 수 있었다.

*　*　*

닉스에 정신없이 매달리는 사이에 블루오션에서도 신제품이 출시되었다.

레드아이(Red Eye)라 불린 전화기는 시제품 때보다 더 멋진 모습이었다.

색상의 조합을 좀 더 부드러운 붉은 색상으로 바꾼 것이 밑바탕 색인 검은색과 잘 어울렸다.

초도 물량은 3,500대였다.

우선적으로 500대를 명성전자에서 조립을 끝낸 상태였다.

명성전자에서 생산되는 물건은 이제 라디오와 컴퓨터, 그리고 전화기까지 종류가 다양해졌다.

더구나 라디오는 가격이 저렴한 제품이 아닌 디자인이 세련된 고급 라디오만 생산하고 있었다.

"제품이 잘 나왔네요. 이 정도면 충분히 시장에 통할 수 있을 것입니다."

나는 레드아이를 들고서는 이리저리 살피며 말했다.

"대표님의 말씀처럼 마무리 처리에 더욱 신경 썼습니다."

김동철 과장이 나를 보며 말했다.

"잘하셨어요. 보이지 않는 곳에 더 신경 써야 합니다. 제품의 하자는 사소한 것에서 발생하니까요. 대리점들에는 샘플을 보내셨습니까?"

"예, 용산전자상가하고 청계천상가에 샘플을 보냈습니다. 열 군데 대리점에서 천 대 정도 주문을 받았습니다. 저희 전화기의 단가가 대기업보다 비싸다고 우선 시장의 반응을 보겠다는 반응입니다."

김동철의 말처럼 대기업에서 생산되는 전화기는 평균 2만 원대였다.

비싸봤자 2만 8,000원 선으로 3만 원을 넘지 않았다.

하지만 레드아이는 소비자 가격을 4만 9,000원으로 책정했다.

"반응은 보나마나일 겁니다. 제대로 만든 전화기와 그렇지 못한 전화기하고는 확연히 다르니까요."

"전화기를 만든 저희보다 대표님께서 자신감이 있으시니 송구스럽네요. 내일까지 천 대를 완성해서 납품하겠습니다."

김동철은 책정된 가격이 너무 고가가 아닌가 하는 생각

을 갖고 있었다.

"오백 대가 완성되었다고 했지요?"

"예, 오백 대는 테스트와 검수까지 모두 끝낸 상태입니다."

"그럼 바로 대리점으로 보내세요. 내일까지 기다리지 말고 시장의 반응을 한번 보죠."

"알겠습니다. 먼저 용산전자상가 쪽으로 보내겠습니다."

김동철은 내 말에 바로 움직였다.

본인이 직접 납품 차량에 동승해서 용산으로 향했다.

몇 개의 큰 대리점에 레드아이를 납품하고 돌아온 지 세 시간 정도 되었을 때다.

500대의 수량이 모두 동이 나고 말았다.

용산의 대리점들에서는 700대의 수량을 내일 더 보내달라고 주문해 왔다.

주문 수량이 200대가 더 늘어난 상태이다.

다음 날에 납품한 청계천상가에서도 동일한 일이 벌어졌다.

납품한 500대는 반나절 만에 모두 팔려 나갔다.

그리고 바로 1,000대의 주문이 들어왔다.

명성전자의 조립 라인이 바쁘게 돌아갔다.

초도 물량 3,500대가 3일 만에 모두 동이 나고 말았다.

시장의 반응은 우리가 생각했던 것보다 더 뜨거웠다.

전화기는 일회용 물품이 아니다.

제품을 구입하는 소비자가 세련되고 멋진 전화기를 원하는 것이다.

대기업들이 모두 무선전화기에 달려들고 있는 지금의 상황에서도 일반 전화기의 수요는 아직까지 많은 상태였다.

더구나 세련되고 고급스런 이미지의 일반 전화기가 흔치 않았다.

통화 품질이 아직 만족스럽지 않은 무선전화기보다는 유선전화기를 찾는 사람들이 많았다.

블루오션에서 처음 만들어낸 전화기였기에 직원들은 3,500대가 팔려 나가는 시간을 한 달 정도로 예상했다.

나 또한 보름 정도로 생각하고 있었다.

* * *

블루오션은 바로 다음 날 생산 일정에 관련된 회의에 들어갔다.

직원들은 모두 고무적인 얼굴들을 하고 있었다.

"한 달 생산량을 2만 대 정도로 늘려도 충분하겠습니다."

김동철 과장의 경험에서 나온 말이다.

“한 3만 대로 늘리지요.”

관리 홍보를 맡고 있는 김대희 대리는 한술 더 떴다. 말하는 모습들이 여유가 있다.

“500대만 더 추가해서 4,000대로 합시다.”

나는 그들의 기대에 어긋나는 말을 했다.

“예? 4천 대라고요?”

김동철 과장은 놀란 듯 반문하며 물었다.

“제 생각에는 4천 대가 적당하다고 생각됩니다.”

“안 됩니다, 대표님. 시장의 반응이 좋을 때 확실하게 자리 잡아야 합니다. 4천 대 가지고는 어림도 없습니다.”

김동철은 강하게 반대 의사를 표했다.

“그래도 4천 대만 하죠. 4천 대를 판매하면 이번 달에 모두 7천 5백 대를 판매하는 것이지 않습니까?”

“충분히 2~3만 대는 팔 수 있습니다.”

김동철 과장은 다시 한 번 어필하며 내 생각을 돌리려고 했다.

하지만 나는 물러서지 않았다.

통신 시장에서의 경험은 부족하지만 내가 닉스와 비전전자를 운용해 오면서 터득한 영업관이 있었다.

시장은 언제나 유동적이고 변화무쌍했다.

시장이 돌아가는 형세를 보며 천천히 대응해 나가야 한다.

시장에는 허수의 수요라는 것도 있는 법이다.

거품이나 가수요(물가가 계속 오르거나 물자가 부족(초과 수요)할 것으로 예측되는 경우 지금 당장 필요가 없으면서도 일어나는 예상 수요)에 현혹되지 않고 있는 그대로 상품성의 가치를 정확히 파악하기 위해서도 신중한 시장 접근이 필요했다.

닉스도 현재 시장의 요구에 있어 대략 50~60% 정도만 응하고 있다.

닉스의 성공 요소에는 시대를 앞선 멋진 디자인과 뛰어난 품질도 있었지만 다른 요인도 있었다.

첫째는 시장에서 품귀현상을 빚고 있기 때문에 물건의 상품성과 신뢰성이 높아졌다.

또한 따로 광고를 하지 않아도 저절로 제품의 인지도가 올라가기 때문에 새로운 수요를 개척하기가 어렵지 않았다.

둘째는 물건의 공급이 부족하기 때문에 결제 조건이 좋았다.

신발을 받기도 전에 돈을 먼저 지불하고서라도 신발을 받겠다는 선 계약을 진행할 수 있는 요인도 이러한 결과 때문이다.

셋째는 제품을 안고 있을 필요가 없기 때문에 재고가 생기지 않았다. 따라서 창고 등 재고비용이 절감되었다.

넷째는 물류비용이 절약되었다.

물론 어느 정도 기업이 궤도에 오르고부터는 달라질 수도 있는 상황이지만 이제 막 영세하게 출발하는 중소기업의 입장에서는 무시하지 못할 조건들임에 틀림없었다.

첫술에 배가 부를 수는 없었다.

천천히 신중하게 시장에 접근하면서 기업의 체질을 다져나가야만 했다.

물론 닉스는 필요에 의해서 물류창고를 만들었다. 하지만 걸음마를 뗀 블루오션은 아직은 아니었다.

3일간 부품을 급하게 수급하고 5일간 조립과 테스트를 거쳐서 4천 대의 레드아이가 다시 시장에 풀렸다.

이번에는 이틀 만에 제품이 동이 났다. 하지만 더 이상 제품을 생산하지 않았다.

4만 9,000원의 레드아이는 한 대 팔면 2만 3천 원이 남았다.

7,500대를 팔아 367,500,000원의 매출이 발생했다. 그리고 172,500,000원의 이익이 발생했다.

블루오션의 첫 번째 작품인 레드아이는 큰 성공이었다.

Chapter 13

서울에 상경한 지 2주 동안은 정말 시간이 어떻게 돌아가는지도 모르게 생활했다.

그동안 미뤄두었던 회사 일이 많았기 때문이다.

오랜만에 학교에 나가자 왠지 낯선 느낌이 들었다.

일주일가량 듣지 못한 강의는 동수가 건네준 강의 노트로 대신했다.

그래도 진심으로 나를 걱정해 주는 것은 이동수뿐이었다.

몇몇 동기도 나의 안부를 물었지만 대부분 형식적인 인

사였다.

학교생활을 한 지도 한 달 보름이 지났지만 아직 친구를 많이 사귀지 못했다.

이미 나는 학교에서 가르치는 모든 것을 현장에서 실질적으로 접하고 있었다.

대표를 맡고 있는 네 개의 회사는 눈에 띌 정도로 성장했고 많은 이익을 내고 있다.

"후우! 오늘 술이나 한잔할까?"

이동수가 찌푸린 표정으로 말했다. 그는 하루 종일 한숨을 달고 살았다.

"왜 그래? 무슨 일 있냐?"

"일단 나가자. 술이 목구멍에 넘어가야 이야기가 나올 것 같다."

"그래."

주섬주섬 책을 가방에 넣고 나갈 때였다.

"강태수!"

한수연이 나를 보고 반갑게 손을 흔들었다.

한수연도 요 며칠 몸이 좋지 않아서 학교에 나오지 못했다.

그녀와는 근 한 달 만에 얼굴을 보는 것이다. 과 친구들은 한수연에게 다가가기 어려워했다.

한수연은 도도한 이미지와 함께 그녀의 잘난 추종자들 때문이다.

지금도 호위하듯이 한수연의 옆에 병풍처럼 서 있다.

"후후! 재들은 떨어질 줄을 모르네."

그 모습을 보며 동수가 말했다.

"악어와 악어새의 관계도 아니고, 아름다운 나무에 붙어 있는 매미들이라 해야 하나. 잠시만 인사나 나누고 올게."

"하하하! 그러게. 알았다."

나는 한수연에게 걸어갔다. 그녀도 나에게 걸어오고 있다.

"몸은 괜찮아진 거야? 돌아왔다는 소리는 들었어."

"이젠 괜찮아. 너는?"

한수연은 이틀 동안 나오지 않았다.

"흔한 감기몸살이야. 조금은 지독한."

"오뉴월에는 개도 걸리지 않는다고 하던데, 몸 관리 잘해야겠다."

"그러게 말이야. 오늘 시간 있니?"

한수연의 말에 뒤에 있는 추종자들의 표정이 좋지 않았다.

"어떡하지? 선약이 있는데."

"절친하고?"

한수연은 나와 이동수가 친하다는 것을 알고 있었다.

"어. 할 이야기가 있어서."

"그래, 할 수 없지. 그럼 내일 시간 좀 비워놔."

"토요일에? 무슨 일인데?"

"내 생일. 친한 친구들하고 조촐하게 파티나 하려고."

"축하한다. 그런데 내가 껴도 되는 건지 모르겠다."

한수연의 초대에 정희철과 이정수의 표정이 어두워졌다.

그들은 한수연이 나에게 관심을 보내는 것을 못마땅하게 여겼다.

"네가 어때서? 다른 소리 하지 말고 꼭 와야 한다? 오는 걸로 알고 있을게."

"어, 그래."

거절할 수가 없었다.

"그럼 그때 보자."

한수연은 할 말을 마치고 늘 함께 다니는 친구들에게 돌아갔다.

웬일인지 오늘은 백단비가 보이지 않았다.

"어떻게 해야 공주님의 초대를 받을 수 있냐?"

동수가 부러운 듯이 말했다.

"낸들 아냐."

"야아! 얌전한 고양이가 부뚜막에 먼저 올라간다더니. 비결 좀 알려줘."

이동수는 은근히 한수연과 같은 스타일을 좋아했다.

"비결이 어디 있냐? 타고난 매력이지."

"뭐? 하하하! 그래, 넌 매력이 철철 넘치는 놈이니까."

내 말에 이동수는 손뼉을 치며 박장대소했다.

*　　　*　　　*

우리는 자주 가던 주점으로 향했다.

아직 이른 시간이지만 자리를 잡은 사람들도 여럿 있었다.

다들 강의를 마치고 나온 학생들이었다.

"캬아! 고민이 뭐냐?"

시원한 동동주 한 사발을 들이켜고 나서 물었다.

"집에서 쫓겨나게 생겼다."

이동수는 안주로 나온 홍어를 입에 넣으며 말했다.

"무슨 소리야? 자세하게 이야기해 봐."

"우리 동네를 재개발한다는데, 살고 있는 집 땅이 서울시 땅이었나 봐."

동수는 다시금 사발에 가득 담긴 동동주를 단숨에 들이켜며 말했다.

"10년 이상 살아다며 서울시 땅은 뭐야?"

"제대로 배우지 못한 게 잘못이지. 아버지가 지금의 집을 살 때 주변 시세보다 싸게 나왔대. 복덕방에서는 집주인 사정이 급해서 그렇다고 두루뭉술하게 이야기했나 봐. 그때 땅 등기부등본만 떼어봤어도 되는 건데. 후우! 백만 원을 더 깎아주겠다는 말에 덜컹 계약을 하신 거지. 그리고 지금까지 별일 없이 살아왔는데."

"보상은 전혀 나오지 않는 거야?"

"후후! 오히려 그동안 밀린 사용토지세를 내라고 하더라고."

동수는 허탈한 표정으로 말했다.

"그럼 집을 보상도 받지 않고 나가는 거야?"

"건물 값으로 오백만 원 준다는데, 토지세로 나온 게 삼백만 원이야."

"어이없네. 잘 알아본 거야?"

말을 듣고 있는 내가 다 화가 났다.

"시청하고 구청 다 가봤는데 정해진 법이 그렇다고 하더라고. 재개발을 하면 좋은 집을 지어준다는 소리에 아버지가 잘 알아보지도 않고 재개발에 찬성한다고 인감도장을 찍으신 것 같아. 도장을 받으러 온 분이 동네에서 잘 아시는 분이기도 해서 믿고 찍은 거지."

“재개발조합이 설립되었을 텐데, 재개발조합은 뭐래?”

나 또한 살던 동네가 뉴타운으로 지정되면서 재개발이 되었다.

재개발로 한 동네에 20년 넘게 살아온 이웃들이 뿔뿔이 흩어졌다.

완공된 아파트에 입주하는 원주민은 10%도 되지 않았다.

모두들 집을 팔고 서울 외곽이나 경기도로 이사를 갔다.

새로 지은 집에 들어갈 수 있는 돈이 부족하기 때문이다.

대부분 새로운 집에 들어가려면 5천~1억이라는 돈이 더 필요했다.

나중에는 1~2억이라는 돈으로 늘어났다.

“자기들도 법이 그렇기 때문에 어쩔 수 없다고만 하고는 이사비용으로 얼마 더 챙겨주겠다는 말뿐이지.”

“참 나, 그놈의 법은 누구를 위해 있는 건지.”

답답했다.

나도 이런 마음인데 동수는 더할 것이 분명했다.

재개발은 주민들의 이익이 아닌 애먼 사람들의 주머니를 채워주는 일이 많았다.

“후우! 답답할 뿐이다. 이럴 때 내가 힘이 되어드려야 하는데 할 수 있는 게 없으니.”

이동수는 연거푸 술잔을 비웠다.

"집은 언제까지 비워야 하는데?"

"7월 달까지 나가야 한다는데, 사실 갈 데가 없다."

동수의 가족은 모두 여섯 식구다.

고등학교와 중학교, 그리고 초등학교를 다니는 동생까지 세 명의 동생이 있다.

현재 살고 있는 집은 방이 세 개였다. 그런대로 여섯 식구가 옹기종기 살아갈 공간이 되었다.

동수의 말대로 밀린 토지세를 내고 나면 이백만 원으로는 집을 얻을 엄두도 낼 수 없었다.

"힘내라. 하늘이 무너져도 솟아날 구멍이 있다고 하지 않냐. 그동안 무슨 방법이 있을 거다. 나도 방법을 찾아볼게."

동수에게 술을 따르며 말했다.

"고맙다. 그래도 너밖에 없다. 네 말처럼 방법이 있겠지."

술을 벗 삼아서 지금의 괴로움을 잊고 싶은 생각에 우리 두 사람은 오랫동안 술을 마셨다.

주점을 나섰을 때는 둘 다 비틀대는 취객이 되어 있었다.

*　　　*　　　*

"아! 머리야!"

머리가 깨질 듯이 아팠다.

이동수와 주점에서만 먹은 것이 아니었다. 포창마차까지 들렀다.

"이제 일어난 거야? 무슨 술을 그렇게 많이 마시고 온 거야. 가인 언니가 얼마나 힘들었다고."

예인이가 꿀물을 가져다주며 말했다. 눈을 떠보니 나는 소파에 누워 있었다.

"어떻게 집에 온 거야?"

정말 아무 생각도 나지 않았다. 동수와 원 없이 술을 마셨다는 것밖에는.

"아무 생각도 안 나?"

"어."

"일단 이것부터 마셔. 가인 언니한테는 무조건 미안하다고 말하고."

예인이가 건네준 꿀물을 단숨에 마셨다.

목이 타는 듯이 갈증이 났다. 이렇게 술을 많이 마신 것은 처음이다.

"내가 많이 잘못했니?"

"어, 많이 했지. 가인 언니는 운동 갔어. 곧 올 거야."

예인이는 묻지도 않은 말을 했다.

빈 컵을 들고 가는 예인이의 표정에서 심상치 않음이 느껴졌다.

"도대체 뭘 잘못한 거야?"

아무리 생각해도 떠오르지가 않았다.

가인이를 기다리는 내내 불안했다.

빨리 어제의 일을 생각해 내지 못하면 무슨 봉변을 당할지 몰랐다.

정신을 차리기 위해서 찬물로 샤워를 했다.

그 순간 불현듯 한 장면이 떠올랐다.

포장마차에 가인이가 있었다.

동수와 이야기하는 것을 가인이는 묵묵히 듣고만 있었다.

포장마차에 왜 가인이가 있었는지는 알 수 없었다.

마지막으로 생각난 것은 가인이가 나를 부축해서 집에까지 왔다는 것이다.

"이 병신아, 도대체 뭔 짓을 한 거야?"

주먹을 들어 내 머리를 내려쳤다.

분명 가인이에게 뭐라고 한 것 같은데, 그 말은 생각나지 않았다.

샤워를 마치고 화장실을 나가자 가인이가 들어왔다.

"어, 일어났네? 몸은 괜찮아?"

가인이는 별일 없다는 듯이 말했다.

"어! 한데, 어제 내가 실수라도……."

"나도 좀 씻고."

가인이는 대답 대신 화장실로 들어갔다.

가인이를 기다리는 내내 나는 좌불안석(坐不安席)이었다.

예인이가 전해준 경고대로라면 날벼락이 떨어져야만 하는 상황이다.

더구나 미성년자인 가인이를 포장마차로 불러낸 것은 분명 나였다.

"시원하다. 이제야 살 것 같네."

가인이는 머리를 수건에 감싸며 나왔다. 나는 다소곳이 소파에 앉아 가인이의 눈치를 살폈다.

"뭐 나한테 할 말 있어?"

가인이가 불안한 표정으로 앉아 있는 날 보며 말했다.

"그게… 어제 일이 잘 생각이 나지 않아서 그런데……."

"어제 뭐? 별일 없었는데?"

"아니, 포장마차에 네가 왔던 것 같아서."

"오빠가 우동 사준다고 전화했잖아. 예인이는 밥을 먹었고, 그래서 나만 나갔는데."

"우동만 먹었니? 내가 혹시 술을 준 것은 아니지?"

"내가 바보야, 그런 데서 술을 먹게? 오빠가 오빠 친구도 소개해 줬잖아. 이동수라고 했나?”

“동수 맞아. 다른 일은 없었지?”

“글쎄, 없다고 해야 되나, 아니면 있다고 해야 되나.”

가인이는 두루뭉술하게 말했다.

“방금 전에는 별일 없었다고 말했잖아. 무슨 일 있었는데?”

가인이가 저리 나오니 오히려 불안했다.

“음, 내 입으로 말하기가 좀 그런데. 아마도 술이 깨면 생각날 거야.”

가인이는 그렇게 말하고는 자신의 방으로 들어갔다.

“후우! 분명 뭔가 있었다는 건데. 동수 놈도 술이 떡이 되어서 기억을 못할 테고.”

그때 예인이의 목소리가 들려왔다.

“오빠, 밥 먹어! 북엇국 끓여놨어!”

“어, 갈게!”

밥을 먹는 내내 머릿속에서 가인이의 마지막 말이 떠나지를 않았다.

예인이에게도 넌지시 물어보았지만 알고 있는 게 없는 눈치였다.

숙제를 한 아름 받아 든 학생처럼 발걸음이 무겁게 집을 나섰다.

하루라도 빨리 모두 풀어야 할 숙제였다.

*　*　*

한수연과 약속한 토요일이다.

생일 선물을 생각하다가 새로 출시된 닉스에어-X를 가지고 갔다.

발 치수는 모르지만 교환이 가능했기 때문에 평균적인 여자 사이즈에서 한 치수 큰 걸로 가지고 갔다.

한수연은 키가 170㎝에 가까웠기 때문이다.

약속한 장소는 한남동의 고급 주택가였다.

전화로 물어본 주소로 이 집 저 집을 헤매고 있을 때다.

빵빵!

뒤쪽에서 자동차 경적 소리가 들려왔다.

뒤를 돌아보니 고급 승용차 한 대가 멈춰 서 있다.

길을 비켜주려고 옆으로 물러났다. 승용차는 지나가지 않고 다시 경적을 울렸다.

넓은 길이기에 충분히 지나갈 수 있었다.

옆으로 물러나며 차안에 인물을 확인하려는 순간, 차창문이 내려졌다.

"강태수! 수연이 집에 가는 거지? 어서 타!"

차 안에 있는 인물은 백단비였다.

"뭐해?"

멀뚱히 서 있자 다시 한 번 재촉하듯이 말했다.

"어, 그래."

차에 올라타자 향긋한 냄새가 풍겨 나왔다.

"다른 애들은 다 왔을 거야."

백단비의 차를 올라타고는 2분 정도 위쪽으로 올라갔다.

차는 멋진 집 앞에서 멈춰 섰다.

한강의 전경을 훤히 내려다볼 수 있는 넓은 집이었다.

한수연이 사는 집 앞으로는 멋진 정원석과 함께 잘 가꾸어진 나무들이 보였다.

또한 집의 뒤편으로도 앞쪽 정원보다 더 넓은 잔디밭이 펼쳐져 있었다.

한강이 한눈에 들어오는 잔디밭에는 긴 테이블과 함께 맛있는 음식들이 차려져 있었다.

가까운 호텔에서 시킨 출장 뷔페였다.

그곳에는 이십여 명쯤 되어 보이는 사람들이 있었다. 내가 처음 보는 인물들이 대부분이었다.

다들 고급스럽고 세련된 옷을 입고 있었다.

"강태수! 단비하고 같이 왔네?"

한수연이 나를 보자마자 손을 흔들며 다가왔다.

그녀는 영화에서나 보는 아름다운 드레스를 입고 있었다.

"올라오다가 만났어. 생일 축하해."

백단비가 예쁘게 포장된 작은 상자를 건넸다.

"고마워."

"생일 축하한다."

나 또한 가지고 간 신발을 건네주었다.

"그냥 와도 되는데. 정말 고마워."

한수연은 반갑게 나를 맞아주었다.

"선물이 뭐냐? 나는 태수 선물이 가장 궁금하다."

옆에 있던 백단비가 내가 한수연에게 건네준 선물을 궁금해했다.

"지금 봐도 괜찮지?"

한수연 또한 궁금해하는 것 같았다.

"어, 괜찮아."

한수연은 포장지를 조심스럽게 벗겨내었다.

"야아! 새로 나온 닉스 신발이네? 이거 정말 갖고 싶었는데."

그녀는 내가 준비한 선물을 정말 좋아했다.

사실 신제품은 일찌감치 동이 나 쉽게 구할 수 없었다.

"신발 치수를 몰라서. 맞지 않으면 매장에서 바꿔준다고 했어."

내가 가지고 온 신발 치수는 240이었다.

"딱 맞아. 240㎜ 신거든. 정말 고마워."

"마음에 든다니 다행이다."

"자! 이리 와서 음식들 좀 들어. 내 친구들도 소개해 줄게."

한수연은 내 손을 아무렇지도 않게 잡고서는 사람들이 모여 있는 잔디밭으로 인도했다.

혹시나 내가 아는 사람들이 있을까 살펴보았지만, 한수연과 함께 다니는 정희철과 이정수뿐이었다. 다른 친구들은 초대를 받지 못한 것 같았다.

나를 본 정희철이 고개를 끄떡이며 먼저 아는 척을 했다.

"왔냐?"

"어! 좀 늦었네?"

정희철의 옆에 있던 이정수가 나의 등장에 불만 섞인 말을 뱉었다.

"뱁새가 황새들 사는 곳에 온 소감이 어떠냐?"

"이정수! 왜 그래, 태수한테?"

그 소리를 들은 백단비가 내 대신 말을 던졌다.

"내가 뭘? 틀린 말을 한 것도 아닌데."

이정수는 손에 들고 있는 샴페인 잔을 입으로 가져가며

말했다.

"태수는 내가 초대한 손님이야. 자꾸 그러면 나 화낼 거다."

한수연도 옆에서 이정수의 말에 토를 달았다.

"허참! 내가 태수를 때리기라도 했냐? 잘 왔다."

한수연이 나서자 마지못해 이정수는 내게 손을 내밀며 악수를 청했다.

'이놈은 정말 삐딱 선을 탄 놈이네. 내 불쌍해서 상대해 준다.'

생각 같아서는 한 대 쥐어박아 주고 싶었다.

이정수와 같은 모습을 보이면 놈과 똑같은 사람이 되는 거라 참았다.

"그래, 뱁새도 언젠가는 황새가 되겠지."

이정수가 내민 손을 잡으며 말했다.

"후후! 황새가 되는 걸 꼭 보고 싶다."

이정수는 내가 말도 안 되는 소리를 한다는 표정이다.

그때였다.

한수연과 연인 관계에 있다는 소리를 들은 대산그룹의 후계자인 이중호가 파티 장소에 들어서고 있었다.

그의 양손에는 고급스런 선물 상자가 들려 있었다.

"잠깐만 이야기들 나누고 있어."

한수연은 한걸음에 이중호에게로 향했다.

"중호 선배 왔네?"

"중호 선배!"

이정수와 정희철도 이중호에게 손을 흔들며 그에게 다가갔다.

파티에 참석한 다른 인물들도 이중호를 반갑게 맞이하는 풍경을 연출했다.

오늘 생일을 맞이한 한수연보다 더 환영받는 모습이다.

"오늘의 주인공이 한수연이 아닌 것 같네?"

"촉망받는 대산그룹의 후계자이신데. 더구나 작년 대산그룹의 매출액이 재계 순위 4위로 올라섰거든. 올해는 럭키금성그룹(LG그룹)을 누르고 3위로 올라서려고 노력 중이지."

옆에 있는 백단비의 말이다.

이중호가 대산그룹의 후계자라는 소리는 오늘 처음 들었다.

대산그룹은 건설업에서 국내 최고라 불리는 현대건설과 쌍벽을 이루고 있었다.

중공업 분야와 석유화학에 있어서 국내 제일을 자랑하는 기업이다.

55개의 계열사를 거느리고 있는 거대 기업이었다.

대산그룹은 12 · 12 사태로 정권을 잡은 군사정부 때 크게 성장한 그룹이다.

일설에는 대산그룹이 12 · 12 사태 때 큰 역할을 했다는 이야기도 있었다.

1985년 국제그룹이 해체되었을 때 국제상사 · 연합철강공업 · 국제종합기계 · 풍국화학 · 국제방직 · 원풍산업 · 조광무역 · 성창섬유 · 국제제지 · 연합물산 · 국제종합건설 · 국제종합엔지니어링 · 국제토건 · 국제통 · 동서증권을 흡수했다.

또한 국제상사를 비롯한 연합물산, 성창섬유, 연합물산 등 여러 회사를 한일그룹과 다른 기업에 되팔아 큰 차익을 남겼다.

그 돈은 그룹을 키우는 데 큰 역할을 했다.

군사정부는 노골적으로 대산그룹에게 정부 발주의 토목공사를 밀어주었고, 공기업들을 민영화시킬 때 헐값으로 대산그룹에 넘겨주었다.

"야아! 그런 인물인지 몰랐네."

나는 솔직히 놀랐다.

"여기 모인 대부분의 인물들은 대한민국에서 내로라하는 집안의 자제들이야."

지나가던 웨이터에게 두 잔의 샴페인을 건네받은 백단비

가 하나를 건네주며 말했다.

"그럼 단비도 쟁쟁한 집안의 따님이시겠네?"

사실 한수연과 백단비에 대한 신상을 잘 모르고 있었다.

"나야 그냥 잘난 할아버지와 아버지를 잘 만난 것뿐이지."

백단비는 들고 있던 샴페인을 한 모금 마시며 말했다.

"너희 집안도 기업을 운영하시는 분이니?"

"아니. 우리는 법조계야. 창조라고, 법무법인을 할아버지가 세우시고 지금은 아버지가 대표로 계시지."

창조는 현재 대한민국 3대 법무법인 중 하나였다.

창조에 속한 변호사만 50명에 이르렀다.

공인회계사와 세무사까지 모두 70명의 인원을 거느리고 있었다.

창조는 기업법무와 조세 쪽으로 유명했다.

"창조라면 우리나라 3대 법무법인 중 하나잖아?"

나는 놀란 표정으로 말했다.

"남들이 듣기 좋게 말하는 것뿐이야."

백단비는 별것 아니라는 말투다.

"야아! 단비에게 잘 보여야겠다. 나중에 부탁할 일이 있을 수도 있잖아."

내 말은 사실이었다.

기업을 운영하고 있는 지금 법과 세무에 관련된 일들이 점차 많아지고 있었다.

"글쎄, 나는 별 영향력이 없는데."

"그래도 아는 변호사 분을 소개해 줄 수는 있잖아."

"태수가 필요하다면 오빠나 언니를 소개해 줄 수는 있지. 다른 사람들은 잘 몰라."

"오빠하고 언니도 변호사야?"

"오빠는 올해 검찰을 그만두었고, 언니는 내년에 판사복을 벗을 예정이야. 아버지가 힘들다고 들어와서 도우라고 안달하셔서."

백단비와 달리 그녀의 오빠와 언니 모두 서울대 법대를 졸업하자마자 사법고시에 합격한 재원이었다.

더구나 백단비의 언니는 사법연수원을 1등으로 졸업했다.

막내인 백단비는 오빠와 언니와 나이 차가 많이 났다.

'정수 놈이 나를 뱁새라고 말한 이유가 있었군.'

"그러시구나. 나중에 정말 부탁 한번 할게."

"그래. 한데 태수는 여자 친……."

백단비가 말하려고 할 때였다.

"강태수! 이리 와봐!"

이중호가 나를 손짓하며 부르고 있었다.

시선이 이중호에게 향하고 있는 바람에 백단비의 말을 다 듣지 못했다.

"뭐라고 말한 거니?"

나는 백단비에게 고개를 돌려 물었다.

"아니야, 아무것도. 가봐라. 중호 선배가 부르는데."

"그래. 갔다 와서 다시 이야기하자."

내 말에 백단비는 뭔가 아쉬운 듯 고개를 끄떡였다.

이중호의 주변으로는 그의 후배들과 친구들이 병풍처럼 둘러서 있었다.

"내가 전에 한번 말했던 친구야. 강태수라고, 이번에 전체 수석으로 들어온 후배지."

이준호는 나를 자신의 친구와 후배들에게 소개했다.

"오라! 개천에서 크게 용 났다는 친구?"

"똘똘하게 생겼는데?"

많아야 두세 살 차이나는 애들한테 그런 소리를 들으니 별로 기분이 좋지 않았다.

그들의 시선은 나를 별종으로 취급하고 있었다.

공업고등학교 출신이 서울대 수석을 차지한 것이 그들에게는 신기한 일이었다.

"내가 듣기로는 공부만 잘하는 것이 아니더라고. 태수 네가 깡패도 혼내줬다며?"

이중호가 나를 바라보며 말했다.

“네에? 그게 무슨 말인지……?”

“정수가 그러던데, 명동에서 깡패를 혼내줬다고.”

‘어디서 보고 있었던 건가? 막다른 골목길이었는데.’

“깡패는 아니었습니다. 그냥 동네에서 노는 양치였습니다.”

“하하하! 그래도 대단해. 샌님처럼 공부만 잘하는 줄 알았는데 말이야. 너 우리 클럽에 들어와라.”

이중호는 뜻밖의 제의를 했다.

“중호 선배, 태수는 조건이 맞지 않잖아요.”

옆에서 이정수가 못마땅한 표정으로 말했다.

클럽에 가입하려면 강남에 있는 특정된 고등학교를 나와야만 했다.

더구나 집안이 대한민국 상위 1~2%에 들어가지 않으면 가입할 수 없었다.

“가입 조건은 내가 정한다. 내 말에 불만 있으면 클럽에서 탈퇴해도 좋다.”

이중호가 왜 나를 클럽에 끌어들이려고 하는지 알 수 없었다.

하지만 나는 지금 눈앞에 있는 이중호를 비롯하여 그의 패거리들이 싫었다.

"선배, 그건……."

이정수는 무슨 말을 더 하려고 입을 달싹거렸지만 더 이상은 입을 열지 않았다.

이정수의 옆에 있던 정희철이 그의 팔을 툭툭 치며 말렸다.

"자! 다른 사람들도 반대하지 않는 것 같은데, 태수 너는 어떠냐?"

이중호의 뒤편에 서 있는 한수연이 나에게 가입하라는 눈짓을 보낸다.

재계 4위의 대산그룹 후계자와 유대관계를 독득하게 할 수 있는 기회였다.

대산그룹은 유독 다른 그룹들과 달리 정치권과도 가까웠다.

현 정권의 실세들과의 관계도 매우 좋았다.

"생각해 주셔서 고맙습니다. 하지만 저는 서클에 가입할 생각이 없습니다. 정수가 말한 것처럼 저는 뱁새들이 노는 물에 있는 게 좋습니다."

내 말에 이중호가 크게 웃었다.

"하하하! 뱁새들이 노는 물이라……. 그래, 아직은 시간이 있으니까 천천히 생각해 보고 마음이 바뀌면 말해라. 난 네가 마음에 든다."

이중호가 내 어깨를 두드리며 말했다.

그는 주변에 있는 다른 인물들과는 좀 다르게 느껴졌다.

이중호는 그의 친구가 부르자 자리를 옮겼다.

유명 골프선수가 라운딩을 끝내면 선수를 따라 우르르 다른 홀로 이동하는 것처럼 이중호를 따르는 사람들이 그를 따라 움직였다.

한수연의 초대로 이 자리에 있지만 맞지 않은 옷을 입은 것처럼 파티는 나에게 맞지 않았다.

한수연이 나를 이끌고 자신의 친구들에게 소개해 주었지만 그들은 나를 이방인 취급했다.

그나마 대화를 오래 나눈 사람은 백단비였다. 그녀는 내가 묻지도 않은 것들을 이야기해 주었다.

한수연이 현 정부의 실세이자 차기 대권후보 중의 하나로 떠오르는 정민당의 한종태 사무총장의 외동딸이라는 것도.

그런 한종태를 물심양면으로 밀어주는 곳이 대산그룹이라는 것도 말해주었다.

한종태는 대산그룹에서 나오는 풍부한 정치자금을 바탕으로 자신을 지지하는 계파 의원들을 늘려가고 있었다.

백단비는 한수연의 아버지인 한종태에 관하여 자세히 알려주었다.

"정치도 돈이 있어야 한다는 말이 맞구나."

"당연하지. 국회의원은 아무나 되는 줄 아니. 저기 푸른 색 재킷을 입고 있는 남자 보이지."

백단비가 오른손을 들어서 가리키는 곳으로 시선을 옮겼다.

"어, 금테안경을 쓴 남자."

"그래, 재 아버지가 4선 의원이자 동원개발이라고 철광석과 금광을 개발하고 수입하는 업체를 가진 사장이지. 3번은 지역구로 나가는데, 2번은 떨어지고 마지막에 가까스로 선출되었지. 그 후부터는 안정적인 전국구 의원으로 선출되어 당선된 분인데, 아마 전국구로 나가기 위해서 정민당에 적어도 30억은 가져다 바쳤지?"

"국회의원이 그렇게 좋은가?"

"글쎄다. 잘은 모르겠지만 금배지를 달면 좋은 게 많은 것 같더라. 웬만한 죄는 지어도 감옥에 쉽게 가지 않고. 다 그렇잖아. 알아서들 고개 숙이고 들어오니까."

백단비의 집안은 법조계였지만 지금 눈앞에 있는 사람들의 아버지나 할아버지들과도 깊은 유대관계를 맺고 있었다.

힘있는 사람들은 자신들의 안위를 위해서 평소 보험을 들어놓듯이 자신들과 비슷하거나 더 큰 권력을 가진 사람들과 친분을 맺어놓았다.

악어와 악어새처럼 싫든 좋든 자신의 위치를 지키기 위해서 필요한 인간관계였다.

"하긴 국회의원만 되면 그동안 들어간 돈을 다 회수하고도 남는다는 말도 있으니까. 물론 그렇지 않은 분들도 있지만."

"태수 너는 졸업하고 뭘 할 생각이냐? 중호 선배가 널 잘 봐서 대산그룹에 들어가면 잘해줄 것 같던데."

"아직은 구체적이지는 않지만 취직보다는 사업을 할 생각이야. 학교에 들어오기 전부터 해보고 싶은 것이 있었거든."

"그렇구나. 나는 졸업하면 유학을 가거나 아니면 아버지가 일하는 곳에 들어가야 해. 아버지의 그늘에서 벗어나고 싶은데 놔주질 않으시네."

"막내딸은 품안에서 떠나보내기가 힘들대잖아."

"그런 거면 좋게. 하여간 태수가 부럽다. 너는 네가 해보고 싶은 일을 마음대로 할 수 있잖아."

백단비와 이런저런 이야기를 나누고 있을 때다.

파티 장소로 고급 양복을 잘 차려입은 중년의 인물이 들어서고 있었다.

그의 뒤로는 비서로 보이는 인물들이 동행하고 있었다.

"수연이 아버님이 오셨네. 하나밖에 없는 딸이라고 애지중지하시지."

"너는 한수연에 대해서 모르는 게 없는 것 같다?"

"그럼, 10년 넘게 단짝으로 지내왔는데. 이젠 지겨울 때도 있다니까."

백단비는 정색하면서 말하지만 내가 볼 때 두 사람은 절대로 떨어질 수 없는 사이였다.

한수연은 아버지의 등장에 단숨에 달려가 한종태에게 안겼다.

한데 한종태의 뒤에 시립하고 있는 인물 중 한 인물이 낯이 익었다.

'누구지? 어디서 분명히 봤는데.'

짙은 선글라스를 쓰고 있어서 얼굴 윤곽이 또렷하지가 않았다.

"어디서 본 것 같은데."

나는 백단비가 혹시나 알고 있을까 하는 마음에 말을 꺼냈다.

"누구?"

"저기 선글라스를 끼고 있는 사람."

"아, 저분?"

"알고 있니?"

"수연이 아버지의 보디가드 겸 경호팀장으로 알고 있는데. 수연이 말로는 맨주먹으로 커다란 차돌도 깨뜨린다고 하더라고."

백단비의 말에 머릿속에서 맴돌던 기억이 떠올랐다.

'저 사람은 흑천의 마연이다.'

매서운 눈을 가린 선글라스에 말쑥한 양복 차림으로 바뀌어서 그를 잘 알아보지 못했다.

분명 심마니 정씨와 싸움을 벌였던 마연이 맞았다.

마연이 파티장을 둘러보며 시선이 나에게로 향했다.

나는 급하게 샴페인 잔을 얼굴 위로 들어 올리며 백단비 쪽으로 돌아섰다.

"왜 그래?"

갑자기 내가 몸을 돌리자 백단비가 당황한 듯 물었다.

"어, 아니야. 한잔하자고."

"그래. 오늘 너 때문에 내가 많이 마시는 것 같다."

백단비는 샴페인 잔을 들어 올려 내 잔에 청명한 소리가 울리도록 부딪쳤다.

다행히도 한종태가 자리를 떠나자 마연 또한 그와 함께 자리를 옮겼다.

'후우! 큰일 날 뻔했네.'

"저 사람은 수연이 아버지하고 오래 일한 분이냐?"

"누구?"

"경호팀장이라고 한 분."

"한 4년 된 것 같은데. 왜 그렇게 궁금해하는데?"

"네가 주먹으로 바위도 깨뜨린다고 해서."

"나도 수연이에게 들은 말이라서 정확한 것은 몰라. 가끔 인사를 해도 잘 받지도 않고 말도 없어. 밑에서 일하는 사람들이 정말 무서워하더라고."

"혹시 이름은 알고 있니?"

"이름은 모르는데. 수연이가 알고 있겠지. 저분에게 관심이 많은 것 같다?"

그에 대해 너무 꼬치꼬치 캐묻자 이상한 듯 물었다.

"하하하! 아니야. 알고 있는 사람이랑 인상이 비슷해서 혹시나 아는 분인가 하고."

"그래. 그럼 내가 한번 수연이게 물어봐 줄게."

"그래주면 고맙고."

내가 마연의 이름을 직접 한수연에게 물어보면 이상하게 보일 수도 있었다.

그때 집안에서 수무 개의 초가 켜진 커다란 케이크가 나왔다.

그러자 사람들이 모두 한수연이 있는 쪽으로 모여들었다.

"우리도 갈까?"

백단비의 말에 나 또한 한수연이 있는 쪽으로 발걸음을 옮겼다.

한수연은 모든 초를 단숨에 껐다.

수무 살의 한수연은 한마디로 예쁘다는 말밖에는 나오지 않았다. 한수연의 앞쪽으로는 그녀가 생일선 물로 받은 선물 상자들이 놓여 있다.

그녀는 하나둘 선물로 받은 상자들을 오픈하며 선물을 확인했다. 선물은 다양하고 고급스러운 것뿐이었다.

가장 눈에 띈 것은 한눈에 보아도 고가의 다이아몬드가 박혀 있는 목걸이였다.

여자들은 다이아몬드가 박혀 있는 백금 목걸이에 탄성을 자아냈다.

수백만 원을 훨씬 넘어서는 고가의 브랜드 목걸이 같았다.

일반적인 대학생 신분에는 도저히 선물할 수 없는 가격의 선물이다.

목걸이를 선물한 인물은 누구라도 알 수 있었다.

한수연이 목걸이를 들고 이중호를 바라보았기 때문이다.

이중호는 바로 한수연의 목에 목걸이를 걸어주었다. 생일 파티에 참석한 사람들은 환호성으로 호응했다.

한수연과 이중호는 내가 보더라도 잘 어울리는 한 쌍이었다.

나는 이것으로 모든 파티가 끝난 것인 줄 알았다.

"이제 가야봐야겠다."

그런 나를 백단비가 붙잡으며 말했다.

"어딜 가? 이제부터 시작인데. 그동안 제대로 놀지 못했는데 오늘 실컷 즐겨야지."

"무슨 소리야? 생일 파티는 끝난 것 아니야?"

"강남의 락카페를 통째로 빌려놨다고. 본격적인 파티는 이제부터라고."

백단비의 말에 나는 놀라 눈이 커졌다. 이들과 나는 한마디로 노는 물이 달랐다.

"가봐야 될 것 갔다. 약속도 있고……."

"잠깐 갔다가 가. 여기서 차로 15분이면 되는데."

백단비는 나를 계속해서 설득했다. 그때 한수연이 우리 쪽으로 걸어오며 말했다.

"옷 갈아입고 나올 테니까 같이 가자."

"태수가 약속이 있어서 간다고 하네."

백단비는 한수연에게 나를 붙잡으라는 눈짓을 하며 말했다.

"태수야, 잠시만 있다가 가면 안 되겠니. 너에게 할 말도 있는데.”

“그래, 들렀다 가. 가면 네가 궁금해한 것도 바로 알 수 있을 텐데.”

백단비에게 부탁했던 마연의 이름을 바로 알 수 있게 해 주겠다는 말이다.

‘후우! 어울리지 않는 장소에 또 가야 하나. 하지만 마연의 이름이 진짜인지, 아니면 또 다른 이름을 사용하는지는 알아야 하는 일이다.’

“그럼 잠깐만 있다 갈게.”

“잘 생각했어. 여기보다 훨씬 재미있을 거야.”

나의 말에 한수연의 표정이 밝아졌다.

“태수는 내가 잘 모시고 갈 테니까 너는 왕자님과 함께 오세요.”

백단비는 내 말에 서슴없이 내 팔짱을 끼며 말했다.

그런 모습을 바라보는 이정수와 정희철은 못마땅한 표정이 역력했다.

백단비의 차를 타고 한남대교를 건너 강남으로 넘어갔다.

그녀의 말처럼 15분 만에 압구정의 블루멍키라는 곳에 도착했다.

입구에는 내부 수리라는 안내 문구와 함께 양복을 입은 건장한 체격의 남자 두 사람이 기도처럼 서 있었다.

그들 손에는 안으로 들어갈 수 있는 명단이 들려 있었다.

명단에 적힌 이름과 함께 한수연이 태어난 해를 말하면 들어갈 수 있었다.

락카페에 들어가려고 왔던 일반 사람들은 이런 모습에 발걸음 돌릴 수밖에 없었다.

몇몇은 항의를 해보았지만 위협적인 기도의 위세에 눌려 원하는 바를 이루지 못했다.

내부 수리 중이라는 락카페 안에는 고급 양주를 비롯하여 다양한 술과 안주가 준비된 채 신나는 음악이 흘러나오고 있었다.

먼저 출발한 인원은 이미 무대에서 신나게 몸을 흔들고 있었다.

이 모든 것은 한수연을 위해서 이중호가 준비한 것이었다.

백단비와 나는 빈자리에 자리를 잡았다. 정말 이런 락카페는 오랜만이었다.

아주 오래전 신촌에 있는 락카페 스페이스에서 뻰찌를 먹었던 기억이 있다.

함께 들어가려 했던 친구의 복장이 문제였다.

전혀 유행을 타지 않을 것 검은 뿔테안경과 떡 진 머리, 그리고 검은 바지와 매치되지 않는 흰색 운동화를 신고 있었다.

더구나 그 친구의 오른손에는 검은색 고시생 가방을 들려 있었다.

말 그대로 고시생이었다.

오랜만에 신림동의 고시촌에서 탈출하여 친구들과 술을 마시기 위해 신촌으로 나온 것이다.

이미 많은 마신 술김이었을까?

네 명이었던 우리는 당연히 락카페에 들어갈 수 있다고 생각했다.

하지만 입구에서 제지를 당했고, 테이블이 없다는 소리를 들어야 했다.

우리는 테이블이 없다는 곳을 아무렇지도 않게 들어가는 사람들을 지켜보며 분을 삼켰다.

그때 고시생이었던 친구가 고래고래 소리를 지르며 말했다.

'사법시험에 합격하면 날 무시한 놈들을 가만두지 않을 거야!' 라고.

다행인 건지 친구는 그 후 5년을 더 사법시험에 매달렸지만, 끝내 1차도 합격하지 못하고 신림동에서 나오고 말았다.

"뭐가 그리 재미있는 일이 있어?"

옛 생각 때문으로 인해 내 얼굴에 미소가 번지자 백단비가 물었다.

“별일 아니야. 옛날 생각이 좀 나서.”

“재미있는 일이면 이야기 좀 해봐.”

두 손을 턱에 받치며 말하는 백단비의 모습이 꽤나 귀여웠다.

한수연의 외모에는 미치지 못해도 백단비도 못난 얼굴은 아니었다.

“말을 해도 믿지 못할 이야기야. 그냥 상상 속의 이야기지.”

사실이었다. 내가 먼 미래에서 지금의 젊은 몸으로 들어왔다고 하면 누가 믿겠는가.

“뭐가 그래. 하여간에 태수는 다른 애들과는 다른 점이 많은 것 같아. 그래서 관심이 가기는 하지만.”

백단비의 말처럼 그녀는 나에 대해 많은 것을 알고 싶어했다.

생일 파티를 열던 한수연의 집에서도 많은 것을 물었다.

백단비와 이야기를 나누는 사이 사람들이 하나둘 안으로 들어왔다.

생일 파티 장소에서 보지 못한 사람들도 꽤 있었다.

개중에는 잡지에서 자주 보던 모델과 TV에 출연하는 탤

런트도 눈에 띄었다.

"재들은 그냥 재미 삼아 알고 지내기만 하는 얘들이야. 우리랑 자주 어울리고 싶어하지만 태생적으로 어려워……."

백단비의 말을 빌리자면 지금 락카페를 찾은 인물들은 이중호가 이끌고 있는 클럽에는 조건상 들어올 수 없는 인물들이라는 말이다.

놀기 위해서 어울리기는 하지만 깊은 관계는 맺지 않고 선을 그어놓고 있다는 얘기였다.

참으로 한수연의 생일 파티에 모였던 인물들 모두가 특권의식에 사로잡혀 있는 것만 같았다.

이들은 한마디로 신귀족이었다.

락카페는 춤과 빠른 비트의 음악이 어우러지자 금세 뜨거운 열기로 바뀌었다.

특별한 날에 참석한 이들이 누리고 있는 모든 술과 음식은 무료였다.

춤을 추는 사람들을 열광의 도가니로 빠뜨리는 투 언리미티드(2 Unlimited)—트와일라잇 존(Twilight Zone)이 울려 퍼졌다.

일렉트로닉 하우스 음악으로 일명 테크노 음악이다.

내 기억으로는 1992년에 나온 음악이었다.

세계적으로도 유행했지만 국내의 락카페와 나이트에서도 90년대 내내 폭발적인 사랑을 받았던 곡이다.

스테이지에 올라선 사람들은 너나 할 것이 없이 환호성을 지르며 온몸을 흔들어댔다.

내 눈에 비친 그들의 춤은 왠지 조금은 익숙하고 한편으로는 촌스러웠다.

테이블에 차려진 양주를 서너 잔 마시자 나도 약간은 취기가 올라왔다.

실내를 뒤흔드는 사운드와 사이키 조명에 나도 모르게 고개를 흔들게 만들었다.

"춤추러 갈까?"

백단비는 자신이 어울리는 친구들이 왔는데도 내 곁을 떠나지 않았다.

"나 몸치야. 춤을 잘 못 춰."

"나도 마찬가지야. 나가자."

백단비는 내 손을 잡고는 스테이지로 이끌었다.

친구들과 가끔 나이트나 홍대클럽을 갔지만 매번 술만 먹을 뿐이었다. 춤에는 영 소질이 없었다.

'어떻게 춰야 하나?'

처음에는 가볍게 백단비의 춤을 보며 따라 했다.

"잘 추면서."

백단비의 말처럼 자연스러운 움직임이 나왔다.

'어! 웬일이래?'

나는 다시 주변을 돌아보았다.

춤을 추는 사람들 중에서 춤깨나 추는 사람을 보면서 조금씩 따라 했다.

처음에는 조금 서툴렀지만 금세 어색함이 사라졌다.

"태수 너 나이트만 다녔지? 너무 잘 추잖아."

백단비가 내 춤을 보며 칭찬했다.

그도 그럴 것이, 춤은 절도 있게 펼치는 무술의 동작과 유사했다.

나는 1년 가까이 송 관장에게서 배운 무술 동작들과 그것을 응용한 동작을 열심히 반복해서 훈련해 왔다.

그러한 것들이 몸을 단단하고 유연하게 만들었다.

더구나 뭐든지 한번 보면 누구보다 빨리 익히고 내 것으로 만들어 버리는 능력이 춤을 어려워하던 나를 달라지게 만들었다.

춤을 추자 그동안 받았던 스트레스가 조금은 풀리는 느낌이다.

성공을 위해 숨 가쁘게 달려온 지금, 네 개의 회사를 운영하면서 쌓인 스트레스가 적지 않았다.

더욱이 목숨을 담보로 한 연속된 싸움이 몸과 마음을 지치게 만들었다.

어느 정도 춤 동작이 몸에 익숙해지자 머릿속에서 그려진 춤 동작을 펼쳤다.

2000년대 잘나가던 가수들이 추었던 춤 동작이다.

스테이지에 있던 인물들 모두가 나를 주목하기 시작했다.

나도 모르게 격렬해지는 동작에 몸이 뜨거워지고 땀이 흘러내렸다.

마치 산 정상에서 구슬땀을 흘리며 훈련하는 것과 비슷한 느낌이다.

나는 서서히 무아지경에 빠져들었다.

몸을 회전하며 턴을 도는 동작에 탄성이 쏟아지며 무대에는 어느덧 나 홀로 춤을 추고 있었다.

서로의 영역은 달랐지만 춤을 출 때와 무술을 연마할 때에 쓰이는 근육들이 비슷하다는 것을 알게 되었다.

점점 춤이 몸에 받아들여지자 인터넷이나 동영상으로 보았던 춤들이 나오기 시작했다.

크록하와 셔플댄스를 비롯한 프리 스타일까지.

스테이지가 넓어지자 고난이도의 턴과 공중회전까지 펼쳐 보였다.

비보이들이 펼치는 비보잉을 선보인 것이다.

지금 시대에서는 전혀 볼 수 없는 동작의 춤들이다.

춤을 추는 나도 놀라지만 보고 있던 사람들의 입에서도 탄성이 끝없이 터져 나왔다.

내가 추는 춤 동작들이 너무도 신선하고 멋지게 다가왔기 때문이다.

락카페 내에는 춤을 춘다는 사람들이 여럿 있었지만 그들은 내가 펼쳐 보이는 춤 동작들을 알지 못했다.

그중 몇몇이 바로 동작들을 따라 하기 시작하는 것이 보였다.

음악을 담당하는 DJ는 춤이 끝나지 않기 위해서 세 곡을 연속해서 틀었다.

10분 가까이 춤을 춘 내 몸은 땀으로 뒤범벅이 되었다.

모든 춤이 끝나자 락카페 안은 순간 침묵에 빠졌다. 그리고 내가 스테이지에서 내려오자마자 환호성이 터져 나왔다.

백단비가 기다렸다는 듯 내 손에 차디찬 병맥주를 건네주었다.

"대단해! 정말 넌 못하는 게 없구나?"

백단비가 건네주는 병맥주를 단숨에 비웠다.

시원한 맥주를 목구멍으로 넘기자 막혔던 무언가가 밑으

로 내려가며 홀가분한 기분이 들었다.

내가 앉았던 테이블로 사람들이 몰려들었다.

한수연도 예외는 아니었다.

“너무 멋지더라. 나도 춤 좀 가르쳐 줘.”

“내가 먼저다. 태수야, 내가 확실하게 수강료 지불하게.”

백단비는 적극적이었다.

“누굴 가르칠 정도로 잘 추진 못해.”

테이블에 놓여 있는 휴지로 얼굴에 흐르는 땀을 닦아내며 말했다.

그런데 이런 내 말이 주변에 모인 사람들은 어이가 없다는 표정들이다.

“무슨 소리야? 내가 지금까지 본 춤 중에서 제일 멋진데.”

“맞아요. 너무 잘 추세요.”

“프로 아니세요? 저희도 좀 가르쳐 주세요.”

백단비의 말에 주변 사람들이 이구동성으로 말했다.

‘어쩌다 춤꾼이 되어버렸네. 신체적인 능력이 점점 배가 되는 느낌이다.’

락카페에 들어와 조용히 앉아 있는 동안에는 관심 밖의 인물이었다.

그러나 지금은 나에게 환심을 사려는 사람들에게 둘러싸

여 있다.

이런 모습이 백단비와 한수연에게는 더욱 환심을 사는 일이었지만 이정수에게는 더욱 싫어하는 일이 되어버렸다.

이중호 또한 내 모습에 놀라 더욱 나를 자신의 클럽으로 끌어들이려고 했다.

더 이상 락카페에 머물 수 없을 정도로 뜨거운 관심을 받게 되었다.

급한 약속이 있다는 핑계로 락카페를 나올 때는 내 호주머니에 전화번호와 삐삐번호가 적힌 쪽지가 일곱 개나 들어 있었다.

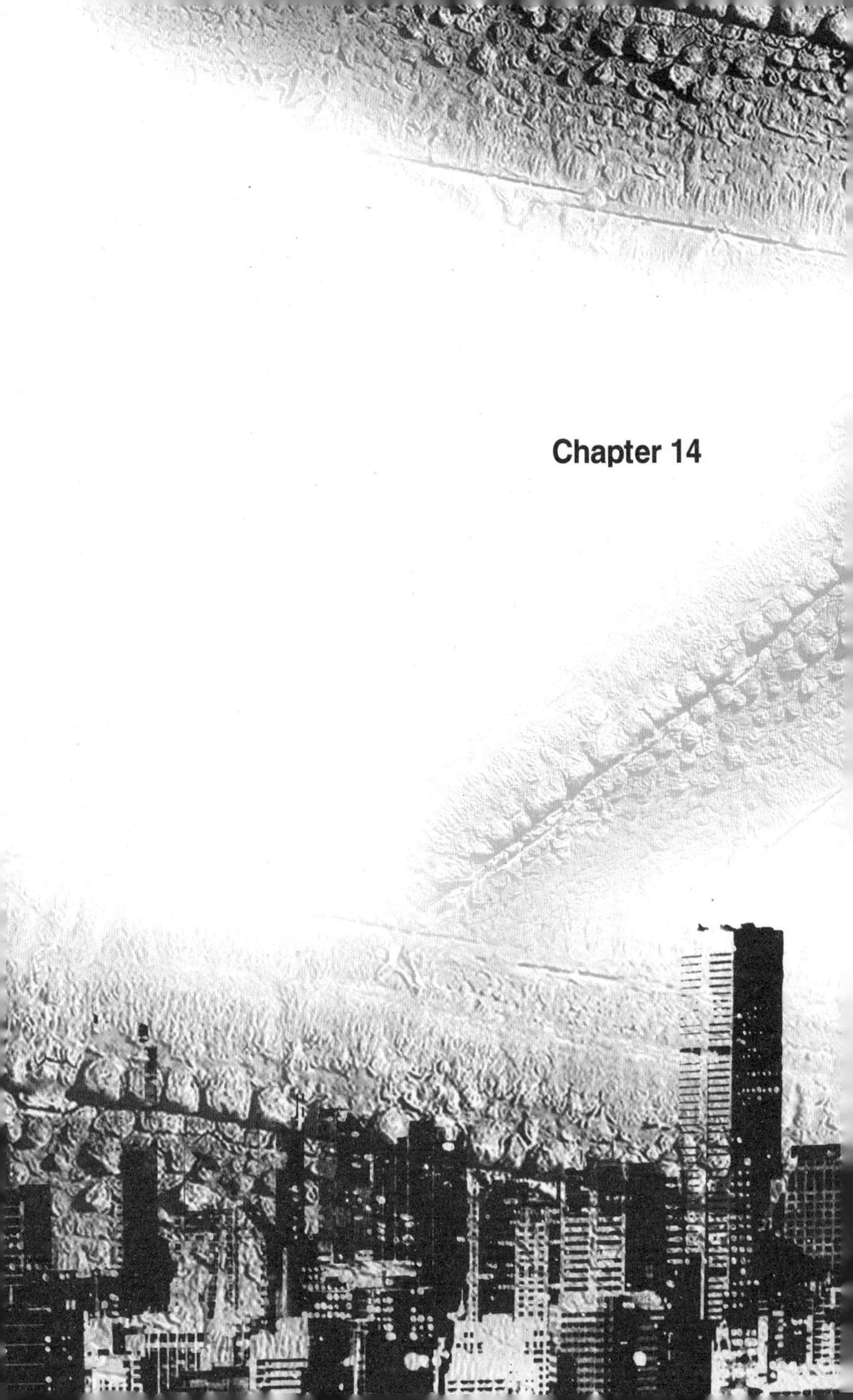

Chapter 14

주말 오후, 나는 백단비에게서 연락을 받았다.

내가 부탁한 마연의 이름에 관한 것이었다.

마연이라고 자신을 소개했던 그의 진짜 이름은 박용택이었다.

어쩌면 마연이란 이름은 그의 호(號)일 수도 있다는 생각이 들었다.

백단비는 마연이 올해 팀장에서 경호실장으로 승진했다는 말도 전해주었다.

흑천의 인물이 여권의 유력한 대선후보 중의 하나로 손

꼽이는 인물의 경호실장을 맡고 있었다.

물론 내가 알고 있는 역사의 흐름에 한종태는 대통령이 아니었다.

그러나 작은 일이지만 내가 알고 있는 일들이 조금씩 달라지고 있었다.

대통령 선거일은 1992년인 내년이다.

"심마니 정씨의 말이 점점 사실로 드러나는구나."

심나니 정씨는 흑천의 인물들이 정치권으로도 손을 뻗히고 있다고 말해주었다.

그동안은 그 실체에 대해서 전혀 알지 못하고 있었다.

"이러고 있을 때가 아니지."

나는 곧장 행복찾기의 김인구를 만나기 위해 집을 나섰다.

바로 마연에 대한 조사를 해야만 했다.

그가 먼저 나를 알아보기 전에 모든 것을 알아두어야만 했다.

손자병법에도 지피지기(知彼知己)면 백전백승이라고 한 것처럼 베일에 가려진 흑천에 대한 실마리는 마연으로부터 찾아야 했다.

나를 위해서도, 또한 이 나라를 위해서도 흑천이 계획하고 있는 일들을 이루게 할 수는 없었다.

행복찾기의 사무실에서 나는 새롭게 합류한 이현진을 만났다.

김성수를 찾기 위해 송 관장이 나에게 소개해 주었던 인물이다.

올해 서른 살로 강력계 형사였지만 함께 다니던 파트너의 부정으로 인해서 억울하게 경찰을 그만두게 된 인물이다.

특수부대 출신으로 특공무술과 유도 유단자였다.

선이 굵은 인상에다 다부진 체격을 가지고 있었다.

김인구는 이현진의 합류를 천군만마(千軍萬馬)에 비유하며 나에게 이현진에 대해서 침이 마르도록 이야기했다.

"다시 뵙게 되었습니다."

나에게 악수를 청하기 위해 내민 손은 몸에 비해서 컸다.

"저도 다시 뵙게 되어 반갑습니다."

잡은 손에서 힘이 느껴진다.

"인구 형님에게서 들었습니다. 여러 가지 사업을 벌이고 계시다고."

"예, 아직은 부족한 면이 많지만 내년쯤에는 크게 성장할 것 같습니다."

나는 자신감 있게 말했다.

"하하하! 말씀만 들어도 대단하신 것 같습니다. 저는 솔직히 사업은 잘 모릅니다. 그저 범죄자들을 잡아들이는 것에만 신경 썼으니까요."

이현진은 자신의 머리를 매만지며 말했다.

"자, 앉으시죠. 현진이도 앉고."

옆에 있던 김인구가 나를 상석에 앉혔다.

"제가 급하게 만나자고 한 이유는 다름이 아니라……."

나는 흑천의 인물인 마연이 정민당의 사무총장인 한종태의 경호실장을 맡고 있다는 이야기를 전했다.

"허허! 정말 세상이 어떻게 되려고. 그럼 한종태 사무총장도 흑천의 인물이란 말입니까?"

김인구가 놀란 표정으로 물었다.

"그건 조사를 해봐야 할 것 같습니다만, 제가 생각할 때는 흑천의 지원을 받는 정치인 같습니다. 한종태와 마연을 조사하게 되면 자연스럽게 그를 지원하는 기업도 알 수 있을 것입니다. 제가 듣기로는 흑천은 국내 굴지의 재벌과도 연결되어 있다고 했으니까요."

내 이야기를 경청하는 이현진은 질문을 하지 않은 채 열심히 수첩에 적고 있었다.

"한종태를 털면 흑천과 연관된 기업을 알 수 있다는 말씀이네요?"

"예, 제가 볼 때는 흑천은 한종태 말고도 영향력 있는 정치인에게 손을 뻗쳤을 것입니다. 또한 한종태와 친분인 두터운 정치인들도 조사를 해봐야 합니다. 더 나아가서 그들이 국회에 상정하여 만들어낸 법률로 인해서 이익을 본 기업이나 단체까지 찾아야 합니다. 모든 상황을 흑천과 연관을 두어서 생각하고 움직여야 합니다."

흑천은 분명 자신의 이익을 위해서 움직이는 정치인이 필요할 것이라 생각했다.

그렇다면 그런 정치인을 움직이려면 돈이 필요했다.

그러한 정치자금을 제공하는 곳은 기업이나 단체이다.

물론 개인도 정치자금을 제공할 수 있지만 돈의 액수가 달랐다.

기업은 또한 자신에게 아무 이익이 없는 곳에 막대한 돈을 사용하지 않는다.

기업이 돈을 벌기 위한 방법으로는 물건을 많이 파는 것도 있지만, 기업을 운영하기 좋게 만드는 법률과 행정적인 절차들을 자신들에게 유리한 쪽으로 만드는 것도 한 방법이었다.

"하하! 정말이지 강 대표님은 제가 생각지도 못한 곳까지 보시네요. 알겠습니다. 한종태 사무총장과 박용택을 중점적으로 조사해야겠네요."

김인구는 감탄 어린 표정으로 말했다. 이현진 또한 나의 이야기에 놀라는 눈빛이다.

“조심하셔야 합니다. 그들은 인정사정없는 집단입니다.”

“그러기 때문에 더 흥미가 당깁니다. 허구한 날 불륜 커플이나 따라다니던 때에 비하면 지금은 진짜 형사로 다시 돌아온 기분입니다.”

김인구는 다른 일을 뒤로한 채 요즘은 흑천에 관한 조사를 하고 있었다.

“이거는 지원 경비입니다. 알아서 쓰시고 더 필요하면 말씀하십시오.”

나는 이천오백만 원이 들어 있는 통장을 내밀었다.

“운영 경비는 남아 있는데요?”

“괜찮은 차량을 구입하십시오. 남은 돈으로는 필요한 장비도 구입하시고요. 가스총은 필수로 가지고 다니십시오.”

활동력 있게 움직여야만 했다.

“무슨 말씀인지 알겠습니다.”

“무엇보다 안전이 우선입니다. 무리는 하지 마십시오. 저는 제 사람을 잃는 것이 싫습니다.”

내가 항상 강조하는 것이다.

“대표님을 보면 정말이지 다른 사람이 몸에 들어 있는 것이 아닌가 하는 생각이 듭니다. 하하! 아무리 생각해도 대표님의 나이에서는 할 수 없는 생각인 것 같아서요.”

김인구의 말에 순간 뜨끔했다.

"하하하! 제가 나이에 비해서 성숙하다는 말을 자주 듣습니다. 정명석 씨에게도 조심하라는 말을 꼭 전해주시고요."

정명석은 딸과 함께 지내라고 부르지 않았다.

"걱정하지 마십시오. 잘 전달하겠습니다. 명석이도 눈치가 빠른 친구입니다."

"그럼 믿고 가보겠습니다."

나는 곧장 행복찾기를 나와 홍대로 향했다. 주말인데도 닉스의 직원들은 바쁘게 일하고 있었다.

신제품의 인기 때문에 직원들은 쉴 새가 없었다.

더구나 회사를 나갔던 직원들이 다시 돌아오면서 미안함 때문인지 자발적으로 일을 찾아 열심히 하고 있었다.

새로 들어온 직원들도 회사의 어려움으로 직장을 잃은 경험이 있기에 최선을 다해서 일하는 모습을 보였다.

한라상사의 방해가 오히려 닉스에는 긍정적인 요인으로 작용했다.

더구나 닉스 본사에 미하일 호도르콥스키라는 러시아 사업가가 찾아왔다.

내 기억이 맞는다면 미하일 호도르콥스키는 러시아의 기업인으로 옛 러시아 최대의 민간 기업이던 석유 회사 유코스의 회장이다.

아니, 앞으로 자신이 설립하는 메나테프은행을 통하여 유코스의 주식을 사들인다.

유스코는 1993년 여러 국유 회사들이 통합해 설립한 국유 기업이었다.

1995년 신흥 사업가들과 함께 선거자금을 지원해 보리스 옐친 대통령의 재선에 큰 도움을 주었다.

그 대가인지 1996년 사업 파트너인 플라톤 레베데프와 함께 국영 석유회사이던 유코스를 민영화하여 3억 900만 달러에 지분 78%를 인수한다.

이후 지속적인 인수합병을 통해 생산 및 정유 자회사 각 5개, 판매 자회사 12개로 규모를 늘려 2003년에는 러시의 최대의 석유회사로 성장하였다.

그런 그가 닉스를 방문했다는 게 의아했다.

내가 알고 있는 미하일 호도르콥스키는 컴퓨터와 브랜디 등을 수입, 판매하는 사업으로 기반을 마련했다.

닉스 본사에 들어서자 정수진 실장도 나와 있었다.

그녀는 회사 뒤편에 집을 마련하여 생활하고 있었다.

호기심에 가득한 모습으로 나는 회의실로 향했다.

회의실에는 은테안경을 쓰고 있는 젊은 외국 청년이 서 있었다.

내가 생각했던 미하일 호도르콥스키가 맞았다. 그는 러시아 태생의 유대인으로 1963년생이었다.

1991년인 올해 그의 나이는 스물여덟 살이다.

"반갑습니다. 닉스 대표인 강태수라고 합니다."

"정말 젊은 분이시군요. 저는 미하일 호도르콥스키라고 합니다."

호도르콥스키는 영어를 구사할 줄 알았다.

이미 그를 알고 있다고 말하고 싶었지만 참았다.

그는 나중에 푸틴 대통령의 정적으로 야당에 자금을 제공하는 등의 활동을 하다가 2003년에 사기 및 횡령, 조세포탈 등 일곱 가지 혐의로 갑작스럽게 기소되었다.

한때 유코스는 시가 350억 달러의 거대 기업으로 성장해 하루 160만 배럴의 석유를 생산했고, 러시아 석유생산량의 19.2%와 전 세계 석유생산량의 2%를 차지할 정도로 영향력을 갖추게 되었다.

세계 하루 생산량의 2%였지만 2003년 이후 계속된 고유가로 인해서 세계 원유 시장에 미치는 영향력은 아주 컸다.

개인 자산도 120억 달러로 늘어나 2004년 미국의 경제전문지 포브스에 40대 이하 세계 최고 갑부로 선정되기도 했다.

지금은 아니지만 세계적인 인물로 성장하게 될 인물이

내 앞에 서 있자 기분이 묘했다.

"어떻게 저희 회사를 찾아오시게 된 것입니까?"

정말 궁금했다.

"단도직입적으로 말씀드리겠습니다. 닉스 신발을 러시아에서 팔고 싶습니다."

'아니, 러시아까지 닉스가 알려졌나? 그럴 리가 없는데.'

국내에서는 인지도가 많이 올라가기는 했지만 러시아에서까지 찾아올 정도로 닉스가 세계적인 브랜드는 아니었다.

"실례가 안 된다면 닉스를 어떻게 알고 오신 것입니까?"

"하하! 일본에 볼일이 있어 들렀다가 이틀 정도 시간이 남아서 한국도 구경할 겸 방문했습니다. 우연히 이곳 거리를 걷다가 젊은 사람들이 몰려 있는 것을 보게 된 것입니다. 그래서 호기심에……."

호도르콥스키는 우연히 닉스의 매장 근처를 지나다가 긴 줄을 보고 호기심에 발걸음을 옮긴 것이다.

매장에서 직접 닉스 신발들을 접해보고는 본사가 바로 위층에 위치했다는 말에 나를 기다린 것이다.

일본의 가전제품을 수입하기 위해서 일본을 방문했지만 단가가 맞지 않아서 소련으로 가져갈 물건을 정하지 못했다.

혹시나 하는 마음에 물가가 좀 더 싼 한국으로 넘어온 것이다.

더욱이 올해 1991년 12월 26일은 소련연방이 해체되는 날이기도 했다.

"저희 신발에 관심을 가져주셔서 감사합니다. 하지만 저희 신발은 호도르콥스키 씨가 생각한 만큼 단가가 싸지 않습니다. 더구나 생산되는 제품 모두가 수량이 한정되어 있어서 수출하기도 어렵습니다."

이미 미국에 수출하기로 했기 때문에 신규 공장에서 추가로 생산되는 물량이 맞춰져 있었다.

국내에서도 지방 대리점들을 오픈해야 될 시기이기에 더욱 물량을 뺄 수가 없었다.

"그럼 천 켤레 정도만 수입할 수 없습니까? 제가 소련으로 가져가야 할 물건이 필요한데 아직 정하지 못했습니다."

호도르콥스키는 대략 이십만 달러 정도의 돈을 수중에 가지고 있었다.

제 발로 찾아온 미래의 석유재벌인 호도르콥스키와 인연을 이대로 놓칠 수는 없었다.

"그럼 꼭 신발이 아니어도 된다면 컴퓨터는 어떻습니까?"

"아니, 여긴 신발 만드는 회사가 아닙니까?"

호도르콥스키는 내 말에 의아한 표정으로 물었다.

"예, 맞습니다. 이곳이 아니라 저와 관계된 다른 회사에서 만들고 있습니다. 샘플을 보시려면 이쪽으로 오십시오."

현재 닉스에서 사용하는 사무용 컴퓨터는 모두 명성전자에서 조립된 드림-I이다.

호도르콥스키는 꼼꼼하게 PC를 살폈다.

그가 그동안 소련에 수입하여 판매한 PC는 대만산과 미국 제품이었다.

하지만 지금까지 드림-I 같은 디자인을 본 적이 없었다.

PC의 성능까지 확인한 호도르콥스키의 표정이 환하게 바뀌었다.

그는 바로 가격을 물었다.

"이 제품은 얼마나 합니까?"

"저희가 드릴 수 있는 가격은 대당 1,200불까지는 가능합니다. 국내에서는 1,500불에 판매하고 있습니다."

호도르콥스키에게 좋은 가격을 제시했다.

"하하! 그 정도면 저도 만족합니다."

호도르콥스키는 환한 웃음을 지으며 말했다. 나는 호도르콥스키에 PC만 판매할 생각이 없었다.

현재 블루오션에서 생산 중인 레드아이도 판매할 생각이다.

소련연방이 해체되고 나면 러시아는 무주공산이다.

연방 해체의 혼란스러움 속에서 소련에 진출했던 서방 기업들이 대거 러시아에서 철수했다.

다시 러시아로 돌아오기는 했지만 기업 환경이 크게 바뀐 뒤였다.

더구나 나는 러시아에서 크게 히트했던 제품들에 대해서도 잘 알고 있었다.

*　　　*　　　*

다음 날 호도르콥스키는 명성전자를 방문했다.

그는 작은 회사라고 여긴 명성전자가 생각보다 크다는 것에 놀랐다.

더욱이 명성전자의 대표 또한 나라는 것에 두 번 놀랐다.

그는 드림—I와 드림—II의 조립 공정을 살펴보았다.

새롭게 공사가 끝난 PC 조립 라인은 어느 회사보다 청결하고 효율적인 조립 라인을 갖추고 있었다.

대기업인 현대전자에도 납품된다는 말에 그는 큰 신뢰를 보냈다.

자신이 수입하려고 했던 일본산 전자제품보다 디자인이나 품질이 절대 떨어지지 않았다.

더구나 가격 면에서도 일본산 제품보다 40%나 저렴했다.

또한 호도르콥스키는 블루오션에서 개발에 성공하여 조립 제조 중인 유선전화기 레드아이에도 큰 관심을 보였다.

그는 2천 대 정도의 레드아이를 수입하기를 원했다.

호도르콥스키가 수입하길 원하는 제품의 수량은 드림-I 200대와 2,000대의 레드아이, 그리고 500켤레의 닉스 신발이었다.

금액으로 따지자면 37만 달러이다.

닉스 신발은 신제품을 제외한 닉스-0(제로)와 닉스-Blue, 그리고 닉스-Red로 결정했다.

새로 출시한 신제품이 아니기에 500켤레는 충분히 공급해 줄 수 있었다.

호도르콥스키는 현재 자신이 소지하고 있는 20만 달러를 계약금으로 걸었다.

나머지 금액은 소련으로 돌아간 후 지불하기를 원했다.

아마도 가져가는 물건을 판매한 후에 나머지 금액을 지불하려는 것 같았다.

지불 조건도 두 달 후였다.

"알겠습니다. 그렇게 해드리겠습니다."

나는 그의 조건을 바로 수용해 주었다.

지금은 그의 환심을 사둘 필요성이 있었다.

1986년 모스크바 멘델레예프 화공 대학교를 졸업한 그는 이제 사업 기반을 넓혀가고 있었다.

"정말 고맙습니다. 지금까지 여러 사람을 만나봤지만 제 조건을 흔쾌히 그 자리에 받아주시는 분은 강 대표님밖에는 없습니다."

"저도 나중에는 조건을 제시할 것입니다. 지금은 아니지만요."

먼 미래를 위한 포석이다.

소련과의 수교가 작년에 이루어졌다.

1990년 6월 4일 한국의 노태우 대통령과 소련의 미하일 고르바초프 소련공산당 서기장이 정상회담을 통해 한소수교의 원칙을 합의한 이후, 9월 30일 유엔본부에서 세바르드나제 소련 외상과 최호중 외무장관이 '한 · 소 수교 공동성명서' 에 서명함으로써 한국과 소련은 역사적인 수교를 수립하게 되었다.

국내의 기업들은 소련이라는 새로운 시장을 향해서 열심히 진출하고 있었다.

하지만 그들은 곧 닥쳐올 소련의 붕괴와 연방 해체를 알지 못했다.

나는 호도르콥스키를 통해서 러시아에 발판을 마련하고

싶었다.

더 나아가 러시아의 대통령으로 선출되는 옐친과도 친분을 맺을 생각이다.

“제가 도울 일이 있다면 언제든지 말씀하십시오. 아니, 기회가 되시면 소련에 한번 오십시오. 제가 멋지게 대접하겠습니다.”

“그럴까요? 저도 소련의 크렘린궁전을 꼭 한번 보고 싶었습니다.”

나는 바로 호도르콥스키의 말에 호응했다.

“그럼 아예 날짜를 정하시지요. 언제쯤이 괜찮으신지요?”

젊은 호도르콥스키는 자신보다 어린 나이에 큰 사업체를 이끌고 있는 나에게 큰 호감을 보였다.

또한 자신과 같은 길을 걸어가는 나에게서 동변상련의 느낌을 갖는 것 같았다.

“제가 지금 대학교를 다니고 있습니다. 여름방학이 시작되면 그때 연락드리겠습니다.”

“하하! 정말 절 계속 놀라게 하시네요. 실례가 아니라면 나이가 어떻게 되는지 물어도 되겠습니까?”

사실 서양인들은 동양인의 외모를 잘 구별하지 못했다. 그 때문에 나이를 잘 유추하지 못했다.

"올해 스무 살입니다."

"네에? 정말이십니까?"

그는 내 말에 다시 물었다.

나는 말 대신 고개를 끄떡였다.

"와우! 정말이지, 강 대표님과 친해져야겠습니다. 어떻게 이런 회사를 스무 살의 나이에 운영할 수 있습니까? 제게 노하우 좀 알려주시지요."

호도르콥스키는 탄성을 지르며 말했다.

"하하하! 지금은 비밀입니다. 나중에 기회가 되면 알려드리지요."

"정말 꼭 좀 알려주십시오. 하하! 강 대표님에 비하면 저는 햇병아리 사업가네요."

호도르콥스키는 진실한 사람 같았다. 자신의 감정을 숨기지 않았다.

그와의 거래는 나에게도 호도르콥스키에도 큰 도움이 되는 일이었다.

나는 그의 인생이 어떻게 펼쳐지는지를 잘 알고 있다.

러시아는 나에게 기회의 땅으로 자리 잡을 것 같다는 생각이 머릿속을 떠나지 않았다.

정식 계약을 마치고 떠나는 호도르콥스키에게 나는 닉스에어-X와 닉스에어-Z를 선물했다. 그가 정말 수입하고 싫어하는 신발이다.

좋은 감정을 가지고 소련으로 돌아가는 호도르콥스키를 나는 김포공항까지 배웅해 주었다.

그는 꼭 소련에서 나를 보기를 원했다.

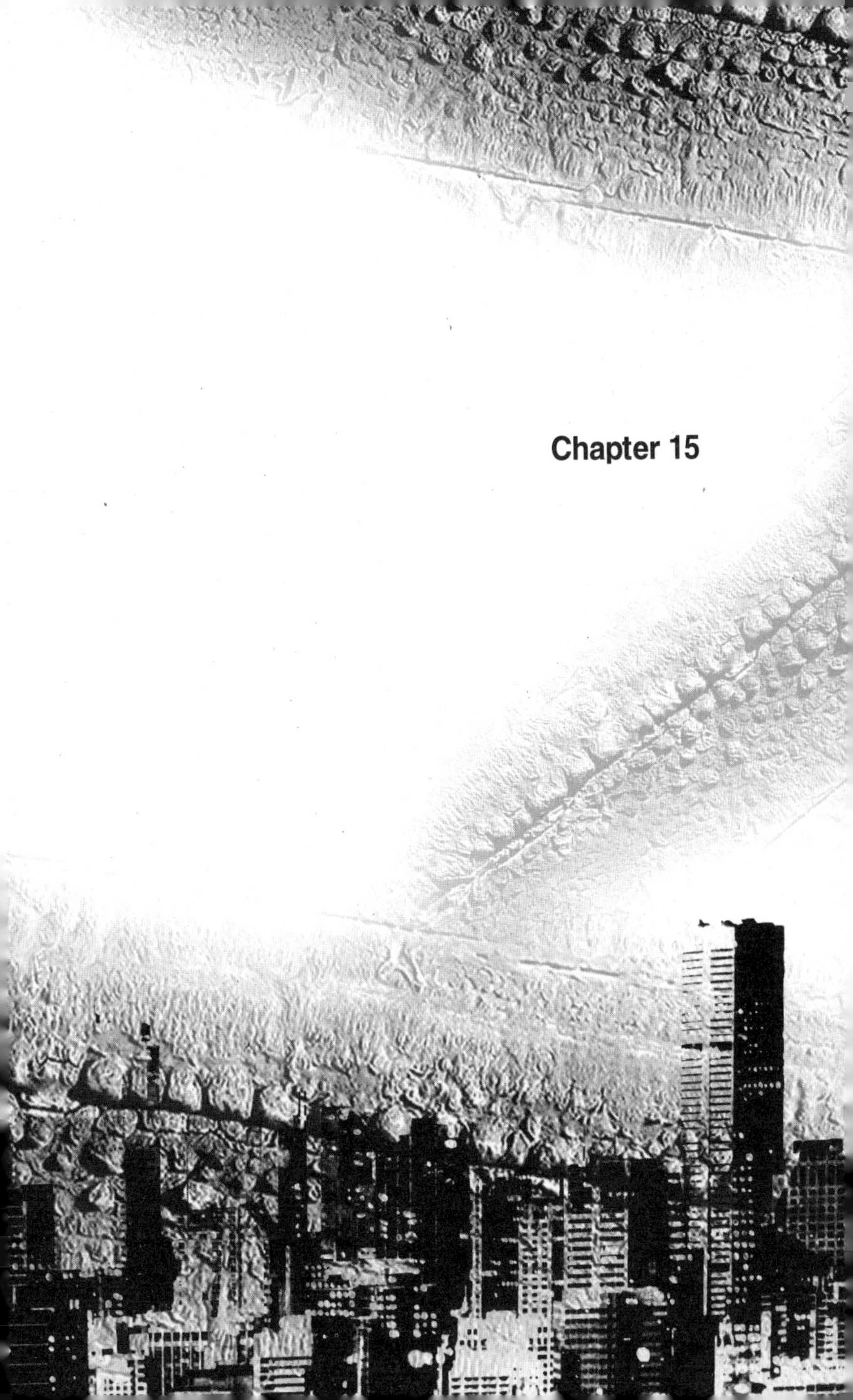

Chapter 15

5월이 지나자 모든 회사가 더욱 바빠지기 시작했다.

나 또한 회사와 학교를 오가며 바쁘게 생활했다.

집 문제로 인해 근심스런 표정으로 학교에 나오는 이동수를 위해서 나름대로 알아보았지만, 현재의 법 제도로는 구제할 수 있는 상황이 아니었다.

토지세 문제는 백단비를 통해 알게 된 변호사 덕분에 절반으로 줄일 수가 있었다.

백단비는 한수연의 생일 파티 이후 더욱 적극적으로 나에게 관심을 표했다.

이제는 한수연보다 백단비가 나를 자신들이 속한 클럽에 끌어들이려고 노력했다.

강의가 끝나고 회사로 향할 때마다 백단비를 피하기 위해 강의실을 먼저 빠져나가는 것도 일이었다.

"내가 할 이야기가 있으니까 〈지리산〉에서 보자."

지리산은 동수와 자주 가는 주점이다.

강의가 끝나기가 무섭게 나는 자리를 박차고 재빨리 강의실을 빠져나갔다.

"야! 강태수!"

아니나 다를까, 뒤에서 나를 부르는 소리가 들렸다.

"나중에 연락할게. 바쁜 일이 있어서."

"매일 뭐가 그렇게 바빠?"

백단비는 바로 쫓아올 태세였다.

"어, 나중에."

나는 바로 건물의 정문을 향해 내달렸다.

지금은 백단비와 어울릴 시간이 정말 없었다.

* * *

15분 정도 지나자 이동수가 지리산 문을 열고 들어왔다.

한데 혼자가 아니었다.

"태수야, 네 고등학교 친구라고 널 찾기에 함께 왔다."

동수는 나에게 손짓하며 말했다.

그 옆으로 선 인물은 다름 아닌 검은 모자 차태석이었다.

"오랜만이다, 태수야."

차태석은 자연스럽게 나를 아는 체했다.

"어, 그래. 오랜만이다."

어쩔 수 없이 나 또한 차태석을 아는 체했다.

"그동안 잘 지냈지? 내가 좀 더 빨리 왔어야 하는데."

자리에 앉은 차태석은 동동주가 담긴 주전자를 들고서 자신 앞에 놓인 잔에 따르며 말했다.

왠지 묘한 분위기가 연출되자 이동수는 뭔가 이상하다는 눈치다. 친한 친구를 대하는 모습이 아니었다.

"잠시만 기다리고 있어라. 잠깐 동수와 할 이야기가 있으니까."

"어, 그래. 기다리고 있을 테니까 너무 늦지는 마라. 그리고 축하한다. 서울대 수석. 신문에 난 사진 너무 못 나왔더라."

차태석은 순순히 내 말을 들어주었다. 그가 나를 찾을 수 있었던 이유를 알았다.

명동에서 차태석을 만났을 때는 우연하게 마주친 것이다.

그가 왜 이제야 나를 찾아왔는지도 궁금했다.

"태수야, 친구 아니야? 무슨 일 있는 건 아니지?"

동수가 걱정스런 눈빛으로 말했다.

혹시 자기가 차태석을 데리고 온 것이 잘못된 것인가 하는 눈치다.

“어, 아니야. 잠깐 나가서 이야기하자.”

나는 동수를 데리고 지리산을 나왔다.

이동수는 안 피우던 담배를 입에 물었다.

집에 대한 걱정으로 인해서 받는 스트레스가 이만저만이 아니었다. 더구나 동수의 아버지가 그로 인해 병을 얻어 요며칠 자리에 누워 계시다고 했다.

나는 이동수에게 주려고 했던 것을 안쪽 주머니에서 꺼내 들었다.

“안에 있는 친구하고 해결해야 될 일이 있다. 이걸 주려고 널 부른 거야.”

2천만 원이 입금되어 있는 통장이었다.

“이게 뭐냐? 이걸 왜 날 주는데?”

동수가 통장을 보고 의아한 눈빛을 보이며 물었다.

“내가 널 고용하는 계약금이 들어 있는 통장이다.”

동수는 내 말을 알아듣지 못한 것처럼 다시 물었다.

“계약금이라니? 무슨 소리 하는 거냐?”

“말해잖아. 내가 널 고용한다고. 열심히 공부해라. 그래야 내가 많이 부려먹지. 그 돈으로 식구들이 머물 수 있는 집은 얻을 수 있을 거다."

내 말에 놀란 동수의 눈이 커졌다.

"네가 돈이 어디 있다고?"

"이번 달까지 집을 비워줘야 한다며. 네 한숨 소리 더 이상 듣기 싫어서 그러니까 아무 말 마라. 그리고 이건 앞으로 열심히 일해서 갚아야 할 돈이야. 이만 들어가 봐야겠다."

나는 통장을 동수의 손에 쥐어주며 말했다.

이동수는 어안이 벙벙한 표정으로 통장을 받아 들었다.

아직까지 통장 안에 얼마나 돈이 들어 있는지 알지 못했다. 내가 지리산 안으로 사라지자 이동수는 통장을 천천히 펴보았다.

"뭐냐?! 2천만 원이나?!"

이동수는 너무 큰돈이라는 사실에 놀랐다. 많아야 5백만 원 정도 들어 있을 거라고 생각했다.

"이건 너무 많잖아. 아무리 돈이 필요해도……."

이동수는 돈을 다시 돌려주려는 마음으로 지리산으로 들어가려고 했다.

자신이 받기에는 너무나 큰돈이었다. 그러나 그에게는 절실히 필요한 돈이기도 했다.

이동수는 지리산의 문을 여는 손잡이를 잡았지만 선뜻 안으로 들어갈 수가 없었다.

'이 돈이면 충분히 집을 얻을 수 있는데…….'

문 꼬리를 잡는 순간 거동하기조차 힘든 상태에도 돈 때문에 한사코 병원에 가시길 거부하는 아버지와 부엌에서 몰래 눈물을 훔치는 어머니가 떠올랐다.

어제는 바로 뒷집을 포클레인이 무너뜨렸다.

그나마 이동수의 아버지 친구 분이 조합 이사로 선출되어 이번 달 말까지 사정을 봐주고 있었다.

이주가 시작되고서부터 남아 있는 사람들은 열 가구도 되지 않았다.

다들 이동수와 사정이 비슷한 사람들이었다.

그때 뒤쪽에서 소리가 들려왔다.

"들어가실 거예요?"

한 무리의 학생이 주점 안으로 들어가려고 했다.

"아닙니다."

이동수는 지리산 안으로 들어가지 않고 바쁜 걸음으로 집으로 향했다.

* * *

차태석은 여유롭게 탁자에 놓인 동동주를 마시고 있었다.

"내가 왜 찾아왔을 것 같아?"

차태석이 나를 보며 말했다.

"모르겠는데."

"그냥 눈감아줄 수도 있었지. 너에 대해서 조직은 모르거든. 더구나 정대웅에 대한 수사는 모두 끝난 상태니까."

정대웅과 부하들의 죽음에 대한 수사는 돈에 관련된 문제로 발생한 조직원 간의 내분으로 끝을 맺었다.

"한데 나를 왜 찾아왔지?"

"크크! 우연치 않게 재미있는 이야기를 들었거든. 내가 알고 있던 어떤 놈이 너랑 비슷하게 생긴 놈에게 당했다는 거야. 문제는 말이야, 그놈이 나보다 세거든. 그래서 정말 너인지 확인하려고 찾아왔지."

실실 웃으면서 말하는 차태석의 표정에는 호기심이 가득했다.

"내가 아니라면?"

"글쎄, 그건 내가 판단할 문제겠지. 네가 아니라면 죽이지는 않을게. 단지 지금처럼 정상적인 생활은 하기 힘들 거야."

차태석의 말에 싸늘한 기운이 느껴졌다.

'이놈은 그러고도 남을 놈이다.'

나는 그의 말에 대답하지 않았다.

순간 침이 마르고 입이 바짝바짝 탔다.

"그리고 도망갈 생각은 하지 않는 게 좋을 거야. 네가 도망가면 아까 그놈을 너 대신 병신으로 만들어 버릴 테니까."

이동수를 다치게 할 생각은 없었다. 더구나 차태석을 피해 달아날 생각도 없었다.

"도망가지 않는다."

"크크! 그래야지. 내가 봐둔 데가 있는데, 그리로 가자."

차태석은 잔에 남은 동동주를 입에 털어 넣으며 자리에서 일어났다.

'이놈을 이길 수 있을까?'

흑천의 인물들을 상대하기 위해 그동안 쉼 없이 훈련해 왔다.

또한 가인이와의 대련은 물론 실전 무술을 가르치는 도장을 다니며 대련을 벌였다.

일부러 도장을 다니는 사람을 자극하여 실전을 벌이기도 했다. 하지만 지금까지 만난 인물들은 흑천의 도운에는 미치지 못했다.

그리고 눈앞에 있는 차태석에게도.

* * *

차태석은 나를 관악산 자락으로 인도했다.

30분을 따라서 들어간 곳은 사람들의 눈에 쉽게 띄지 않는 장소였다.

그곳은 배드민턴을 칠 수 있을 정도의 공터였다.

비가 많이 왔을 때 토사가 흘러내려 길을 막은 곳이었다.

근래에 사람들의 발길이 없어서인지 풀이 많이 자라 있었다.

"최선을 다해라. 그렇지 않으면 젓가락질을 못하게 되는 것이 아닌 평생 걸을 수 없는 불구로 만들어 버릴 거니까. 크크크!"

기분 나쁜 웃음소리를 내는 차태석에게서는 인간미라고는 전혀 찾아볼 수가 없었다.

살인을 망설이지 않고 하는 인물들의 특징이기도 했다.

"만약 내가 이긴다면 더 이상 나를 쫓지 않을 것이냐?"

"뭐? 크크크! 지금 나를 웃기려고 한 말이냐?"

차태석은 어이가 없다는 표정이다.

"아니. 진지하게 한 말이다."

"그럴 가능성이야 없지만 네 말대로 내가 너에게 당한다면 네 가족 모두 죽여 버릴 거야. 그러니까 그런 생각은 접어라."

표정 하나 바뀌지 않고 말하는 차태석은 인간이 아니었다.

차태석의 말에 상황이 달라졌다.

이제는 나 혼자만의 일이 아니었다. 가족까지 위험에 처하게 할 수는 없었다.

내가 죽든 차태석이 죽든 둘 중 하나가 이 자리에서 일어나야만 했다.

"하하하! 그래, 그렇게 말해주니까 고맙다. 이제 널 사람으로 생각하지 않기로 했다. 그러니까 너에 대한 갈등도 없어졌다."

내 말에 차태석의 표정이 바뀌었다.

"크크! 믿는 구석이라도 생겼나 보지? 그래, 그런 거라도 있어야 재미있지."

"말이 필요 없겠지."

나는 가방을 한쪽에 던져놓으며 자세를 취했다.

이제는 더 이상 물러날 곳도 없었다.

아니, 더 이상 차태석이나 흑천의 인물들을 피할 생각도 없다.

휘이잉!

산 위에서 불어오는 바람이 공터를 지나는 순간 차태석의 몸이 땅을 박차고 날아올랐다.

『변혁 1990』 7권에 계속…